Max T. Berghen

Avinius glaubt ans Meer

Life's Story

FSC
www.fsc.org
MIX
Papier aus verantwortungsvollen Quellen
Paper from responsible sources
FSC® C105338

Bibliografische Information der Deutschen Nationalbibliothek:
Die Deutsche Nationalbibliothek verzeichnet diese Publikation in der Deutschen Nationalbibliografie; detaillierte bibliografische Daten sind im Internet über http://dnb.dnb.de abrufbar.

Mindspace
Rödingsmarkt 9
20459 Hamburg
hallo@lifes-a-story.de

Umschlagkonzept & grafische Konzeption: Max T. Berghen
Illustrationen und Cover-Gestaltung: Kid Mindfreak
Buchsatz: Life's A Story M. Berg
Avinius-Session-Buddy: Dr. Christoph H. Nühlen

Herstellung: BoD – Books on Demand, Norderstedt

ISBN: 978-3-947927-00-5

Life's A Story
lifes-a-story.de

Ein kleiner Vogel aus den Bergen macht sich auf, seinen Traum zu finden: das Meer. Doch was als unbeschwerte Reise beginnt, wird für Avinius bald zu einem Kampf gegen Zweifler und Ignoranz. Es wird die Reise seines Lebens, an deren Ende er gegen alle Widerstände zum Vorbild und Befreier für Generationen weiterer Vögel wird.

Max T. Berghen wurde 1974 in Bad Kreuznach geboren. Er studierte in Bielefeld, Frankfurt am Main und Córdoba/Argentinien Wirtschaft. Er ist Absolvent des 28. Lehrgangs der Henri-Nannen-Journalistenschule und war in den letzten zehn Jahre als Creative Director und in anderen Führungspositionen in der Medienbranche tätig. Zur Zeit arbeitet er als Autor, Autorencoach und Hochschul-Dozent in Hamburg, wo er mit seiner Familie auch lebt.

José Lucas aka Kid Mindfreak wurde 1991 in Venezuela geboren. Er ist ein Videogame-, Film-, Comic-, Musik- und Kunst-im-Allgemeinen-Liebhaber. Seit seiner Kindheit geht er seiner Leidenschaft nach: Geschichten visuell erzählen. José beschreibt sich selbst als Träumer im täglichen Ringen ums Vorankommen. Er lebt und arbeitet als Graphic Designer in Panamá City.

Für C und R

»Das Leben ist eine Reise, die heimwärts führt.«

Herman Melville

»I have got scars by great white sharks,
but I swam fast and I swam hard.«

»Bridges«, Aisha Badru

Avinius – etwa zur Hälfte seiner Reise

Diese anderen Geschichten

Und dann gibt es diese anderen Geschichten, auf einmal sind sie da. Die Geschichten, die man als Kind nur ein Mal erzählt bekommt und nie wieder vergisst.

Ich bin sicher, Kinder, Ihr wisst, wovon ich rede.

Es kommt schließlich selten genug vor, dass sich die Erwachsenen Zeit für Euch nehmen.

Ich habe lange darüber nachgedacht, warum das so ist. Und ich habe schlaue Menschen in vielen Ländern dazu befragt. Ich habe mit einer Rechtsanwältin in Kairo darüber gesprochen, mit einem Dressurreiter in Buenos Aires, mit kolumbianischen Seeleuten, mit einem Schauspieler in Island, zwei kanadischen Notärzten, mit der Chefin einer japanischen Strumpffabrik, mit einem Staats-Präsidenten in Asien, mit einem Koch in Paris und mit einer Yogalehrerin in Spanien. Zwei Antworten habe ich herausgefunden.

Die eine: Die Köpfe der Erwachsenen sind zu voll mit unnützem Zeugs. Ständig rechnen sie etwas aus, keiner versteht, was eigentlich genau. Dauernd sprechen sie über Chancen und Prozesse oder schreiben etwas auf dem Computer. Und abends wissen sie dann nicht mal mehr, was sie gerechnet oder geschrieben haben. Einige der Erwachsenen leiden selbst darunter. Die meisten kriegen so keinen einzigen vernünftigen Gedanken mehr hin. Tippt mal einen in so einem Zustand an und fragt ihn, was er in drei Tagen mittags essen möchte. Er wird Euch anschauen, als wärt ihr gelb im Gesicht.

Die zweite Antwort, die ich herausgefunden habe, tut leider etwas weh: Die Erwachsenen sehen Euch nicht richtig. Und sie können Euch auch nicht richtig hören. Die meisten haben ihre Kinderaugen und -ohren nämlich unterwegs verloren. Jetzt haben sie nur noch ihre Erwachsenenaugen und -ohren. Und die sehen und hören nur noch einen Bruchteil von dem, was sie früher gesehen und gehört haben. Um genau zu sein: Nur noch ein Siebtel. Das stimmt, Wissenschaftler haben das herausgefunden. Für den großen Rest sind sie blind und taub. Das ist wirklich nicht schön, oder? Die armen Erwachsenen … Was Ihnen alles entgeht. All die hübschen bunten Ideen, all die wirklich wichtigen Fragen …

Jedenfalls haben diese beiden Gründe bedauerliche Folgen: Die Erwachsenen erzählen Euch zu wenige Geschichten. Und falls doch, dann meist die langweiligen, die, bei denen man anfängt zu gähnen oder gleich einzuschlafen und nicht die, bei denen man lachen oder nachdenken oder träumen kann.

Diese anderen Geschichten aber, von denen ich gesprochen habe, das sind die besonderen Geschichten.

Sie sind selten, aber es gibt sie.

Ich meine gar nicht die, die vielleicht besonders spannend sind oder besonders lustig. Die schon auch, aber nicht nur.

Ich meine die, bei denen es keine Eile mehr gibt.

Die, bei denen Erzähler und Zuhörer ganz eins werden, miteinander und mit der Geschichte, bei denen das Herz des Erzählers nur noch den gespannten Augen und Ohren gilt.

Wenn eine Geschichte in so einem warmen Moment nur noch dir alleine gilt, und sonst niemandem, dann ist das etwas sehr Wertvolles.

Und so etwas ist diese Geschichte hier für mich.

Sie wurde mir vor langer Zeit erzählt.

An jenem Wochenende damals gab es keine Eile. Und auf einmal war da diese Geschichte, nur für mich, erzählt in einem Rutsch. Ohne Zögern, kein Überlegen. So, als wäre sie schon immer fertig gewesen (was ich wirklich nicht glaube).

Die Geschichte von dem kleinen Vogel Avinius, ich weiß es noch ganz genau, sie ging so.

Auf der Federspitze

Oben in den Bergen, wirklich weit oben, lebte ein kleiner Vogel mit Namen Avinius.

Er liebte es, mit seinen Freunden durch die Gärten seines Dorfes zu fliegen, in den Sträuchern Verstecken zu spielen oder in einem der Gartenteiche zu baden.

Aber noch mehr liebte er es, mit ihnen Ausflüge zu den nahe gelegenen Berggipfeln zu machen.

Sein liebster hieß Federspitze.

Schon der Weg dorthin war herrlich.

Ab da, wo die Bäume aufhörten, wo nur noch Steine und ein paar Gräser waren, wurde es frisch und Avinius genoss es, die kühle Luft durch sein Gefieder fahren zu lassen.

Auf dem Gipfel der Federspitze angekommen, setzten sie sich nebeneinander und ruhten sich aus.

Seine Freunde beobachteten die Bergziegen, die geschickte Kletterer waren.

Avinius aber blickte über die Gipfel der sie umgebenden Berge in die schimmernde Ferne.

Wie es wohl hinter den Gipfeln, die dort am Horizont in der Sonne glitzerten, aussehen mochte?

»Wie in unserem Dorf auch«, hatte seine Mutter einmal gesagt.

Sein Vater hatte genickt.

Ob es dort auch Vögel gebe, hatte er wissen wollen, und seine Mutter hatte gesagt, das sei bestimmt so.

»Du weißt es gar nicht?«, fragte er sie.

»Ich denke, es sieht genauso aus wie bei uns.«

Mit dieser Erklärung konnte er aber nicht viel anfangen.

Denn Avinius mochte es nicht, wenn jemand seine Meinung als Wahrheit ausgab.

Vielleicht gab es dort in der Ferne Vögel, die ganz anders aussahen als sie. Bunt, mit langen wehenden Federn, noch längeren Beinen oder riesigen Schnäbeln. Oder Vögel, die anders zu fliegen wussten als sie, von denen man Flugmanöver lernen konnte, die sich in ihrem Dorf niemand auch nur vorstellen konnte. Vielleicht warteten dort sogar neue Freunde.

»Ihr wisst es gar nicht?«, sagte Avinius noch einmal.

Seine Eltern aber antworteten ihm nicht mehr.

In solchen Momenten verstand Avinius nicht, warum sich seine Eltern nicht für die wichtigen Dinge interessierten. Es kümmerte sie offenbar nicht, ob sie die Vögel hinter den Gipfeln in der Ferne jemals kennenlernen würden.

»Schaut mal, wie geschickt die Ziegen sind!«, rief der jüngste von Avinius' Freunden. Er zeigte mit der Flügelspitze auf eine Ziege, die von einem schmalen Sims zum nächsten sprang. »So eine Ziege wäre ich auch gerne. Dann könnte ich springen! Und ich könnte klettern!«

Avinius stutzte. Er sah zu seinen Freunden hinüber.

Klettern? Springen?

Er und seine Freunde waren Vögel. Sie konnten nicht klettern wie Bergziegen.

Aber sie konnten fliegen. Wohin sie wollten.

Sie konnten alles erkunden, sogar den Himmel.

Er lächelte und blickte wieder zu dem Meer aus winzigen Berggipfeln in der Ferne.

Der fremde Vogel

AM SELBEN ABEND kam ein fremder Vogel in ihr Dorf. Niemand hatte ihn jemals zuvor gesehen.

Avinius war mit seinen Freunden gerade von der Federspitze zurückgekehrt.

Sie saßen in einer Reihe nebeneinander auf dem First der Kirche. Von dort beobachteten sie, wie der fremde Vogel, ein verlotterter Kolkrabe, auf dem Marktplatz unter ihnen landete.

Direkt vor dem Brunnen ging er auf und ab und machte mit den Flügeln einladende Gesten.

Es dauerte nicht lange und um den Raben herum hatte sich eine Gruppe einheimischer Vögel versammelt.

»Wer ist das denn?«, sagte Avinius. Er reckte den Hals, um besser sehen zu können.

Normalerweise löste sich so eine Versammlung schnell wieder auf.

Aber der Rabe dort unten schien etwas Spannendes zu berichten. Die einheimischen Vögel machten keine Anstalten weiterzufliegen.

Avinius beschloss, hinab zu gleiten, um zu hören, was der fremde Vogel zu erzählen hatte.

Als er bei der Gruppe landete, hüpfte der Rabe gerade auf den Rand des Brunnens, um von der höheren Position aus besser zu der versammelten Vogelschaft des Dorfes sprechen zu können.

Avinius trat einige Schritte näher.

Er bemerkte, dass dem Kolkraben unter beiden Augen die Federn fehlten. So, als hätte er lange nicht geschlafen.

»Unendliches Wasser!«, rief der Rabe mit lauter Stimme und breitete dabei seine Flügel zu ganzer Spannweite aus. »Groß wie nichts, was man sich vorstellen kann. Es nennt sich *Meer*. Und es glitzert in der Sonne.«

Unter den Vögeln raunte es.

Von einem *Meer* hatte hier noch niemand etwas gehört.

Bis auf einen alten Dreizehenspecht, der sich mit hoher, dünner Stimme zu Wort meldete. »Mir hat auch einmal jemand davon erzählt, vor vielen Jahren. Es soll sehr weit weg sein, das Meer.«

»So ist es! So ist es!«, rief der Rabe auf dem Brunnen.

Er drehte sich um die eigene Achse und verschränkte die Flügel hinter dem Rücken. Langsam und ausladend tapste er einige gewichtige Schritte auf dem Brunnenrand entlang.

Er wirkte zufrieden, die Aufmerksamkeit der Vögel des Dorfes so schnell für sich gewonnen zu haben.

In konzentriertem und ernstem Ton fuhr er fort: »Unendliches Wasser! Es gibt dort nichts, was die Weite trüben könnte. Nur den Himmel, mit dem sich das Meer am Horizont zu einem großen Ganzen vereinigt. Nichts, was ihr je gesehen habt, kann man damit vergleichen. Wenn es etwas gibt, was ein Vogel ein Mal in seinem Leben gesehen haben sollte, dann ist es das Meer!«

Die umstehenden Vögel raunten wieder.

Einige nickten einander zustimmend an.

»Außerdem gibt es Strände! Unendliche Felder aus warmem Sand, in denen man den ganzen Tag sitzen und das Gefieder wärmen kann. Ganz gleich, wie lange der Tag war, der euch in den Federn steckt, ganz gleich, wie sehr euch die Flügel auch schmerzen mögen. Nur eine Weile in diesem wärmenden Sand und neue Kraft kehrt zurück in eure Knochen. Und während ihr euch erholt, seht ihr den Wellen zu.«

»Was sind denn …«, setzte einer der Zuhörer zu einer Frage an.

»Wellen?«, fiel der Rabe dem Fragesteller ins Wort, als hätte er gewusst, dass die Frage an dieser Stelle nun kommen würde. »Du weißt nicht, was *Wellen* sind? Wellen sind so etwas wie …«, er machte eine bedeutungsvolle Pause und fuhr dann mit gesenkter Stimme fort, als verrate er ein Geheimnis. »Wellen sind so etwas wie die Böen im Wind. Nur, dass sie aus Wasser sind und dass man sie sehen kann. Den ganzen Tag und die ganze Nacht rollen sie an den Strand. Eine Welle nach der anderen.«

Nun hob der Rabe die Stimme wieder an und legte zunehmende Euphorie in seine Ausführungen.

»Wellen, Wellen, Wellen! Es gibt Möwen, die auf ihnen reiten. Schon früh morgens im Sonnenaufgang und sogar noch nachts im Mondschein. Sie schreien dabei vor Freude! Ein unaufhörliches Juchzen des Wohlbefindens, das sich mit dem Rauschen des Meeres vermengt.«

»Und Möwen? Was sind Möwen?«, fragte eine schüchterne Stimme von weiter hinten.

»Möwen!«, rief der Rabe, »das sind die Vögel des Meeres. Sie sind viel größer als ihr und kräftiger und mutiger als ihr sind sie auch. Keiner von euch hier ist so mutig wie Möwen es sind. Ihr hier seid ein paar Vögel, aber *Möwen*! Sie gleiten elegant durch die Lüfte wie es kein anderer Vogel vermag. Ganz in weiß gekleidet. Sie sehen edel aus. *Sie* sind wahre Vögel!«

Aus der Gruppe der Zuhörer heraus schwieg es.

Dann setzte wieder zaghaftes Gemurmel ein. Der Rabe aber war nun im Fluss und berichtete weiter von dem wundervollen Ort, den er *Meer* nannte.

»Und es gibt Wale, unvorstellbar große Fische, die im Wasser liegen – schwarz, steinern, wie Inseln. Und wenn man sich mit einem anfreundet, dann kann man auf seinem Rücken sitzen und um die ganze Welt fahren.«

»Um die ganze Welt?«, fragte der Vogel neben Avinius.

»Um die ganze Welt!«, bestätigte der Rabe und nickte als handele es sich um ein Naturgesetz. »So weit kann man nicht fliegen. Dazu würde Vögeln wie euch die Kraft fehlen.«

»Könnten denn Möwen um die ganze Welt fliegen?«

Der fremde Vogel zögerte und überlegte. Diese Frage hatte ihm offenbar noch niemand gestellt.

Dann sagte er, seine ganze Erfahrung in einen abwägenden Tonfall kleidend: »Wenn es einen Vogel gibt, der so etwas könnte – dann eine Möwe.«

»Wie weit ist es denn entfernt, das Meer?«, fragte wieder jemand aus der Runde.

»Puh …«, sagte der Kolkrabe, wedelte dabei mit der Spitze eines Flügels und stieß Luft aus, um die offensichtlich enorme Entfernung dieses wundervollen Ortes deutlich zu machen. »Die Menschen sagen, es sind 10.000 Kilometer. Das Meer ist …«

»Ein Märchen!«, wurde der Kolkrabe von einer tiefen Stimme aus der Gruppe heraus unterbrochen. »Das Meer ist ein Märchen! Nichts anderes!«

Der Bartgeier

AVINIUS BLICKTE HINTER SICH, in Richtung der streitsüchtigen Stimme.

Er erschrak.

Dort hatte sich jemand in die Gruppe der Zuhörer eingeschlichen, vor dem sich alle im Dorf fürchteten: der Bartgeier.

Schwarze Borsten hingen ihm über den Schnabel, ein paar wenige verbliebene Federn an seinem Bauch gaben einen Blick auf vernarbte Haut frei.

Er sah noch verwahrloster als der Kolkrabe aus.

Die einheimischen Vögel wichen zurück.

Der Bartgeier überragte sie alle.

Wie ein Turm stand er in ihrer Gruppe, und Avinius kam er sogar noch größer vor als die Bergziegen auf der Federspitze.

Auch der Rabe, der ihnen gerade noch von dem so genannten Meer erzählt hatte, legte schnell die Flügel an und tapste auf dem Brunnenrand in sicheren Abstand.

Man muss wissen, Bartgeier sind gefährliche Raubvögel, sehr gefährliche.

In ihrem Dorf hieß es, Bartgeier fräßen Aas, das Fleisch toter Vögel. Manchmal sogar pure Knochen. Manche sagten sogar, Bartgeier raubten Menschenkinder.

»Dieses Meer gibt es nicht!«, fuhr der Bartgeier die Gruppe mit rissiger Stimme an. Es klang wie ein Bellen.

»Wer behauptet, es gebe so etwas, lügt! Und von euch will doch niemand ein Lügner sein, oder?«

Der Bartgeier ließ seinen enormen Schädel prüfend durch die Gruppe wandern, als erwartete er tatsächlich eine Antwort auf die Frage.

Dann fuhr er langsam und drohend fort: »Es lebt sich nämlich nicht leicht in einer Gemeinschaft mit Lügnern. Alle hier wissen, wie wichtig es mir ist, dass bei uns jeder in Ruhe und Frieden leben kann.« Den letzten Satz dann schrie er, dumpf und tief, und es hörte sich an wie das Grollen einer Steinlawine: »Ohne Flausen im Kopf!«

Wieder schob sich sein Schädel durch die Reihen der Dorfvögel, die Augen argwöhnisch auf jeden Einzelnen gerichtet.

Manche der Vögel wichen zurück, als der Schädel des Bartgeiers vor ihnen hielt, andere schlossen die Augen.

Avinius versuchte, nicht zu atmen als er an der Reihe war und der Schädel des Bartgeiers drohend vor ihm schwebte.

Er zwang sich, die Augen offen zu halten und dem Blick des Bartgeiers standzuhalten. Er sollte nicht merken, dass er Angst hatte.

Die schwarzen Borsten um den Schnabel des Bartgeiers schwankten dabei hin und her und um seine gelben Augen leuchtete ein roter Ring.

»Ich habe auch schon davon gehört«, rief auf einmal ein junger Vogel, direkt neben dem Bartgeier stehend und sich der Gefahr offenbar nicht bewusst. »Warum soll es das Meer denn nicht geben?«

Der Bartgeier ließ den Kopf langsam zu dem Jungvogel hinab sinken, so dass dieser in dem enormen Schatten des Greifvogels fast verschwand.

Die umstehenden Vögel hielten die Luft an.

Der Bartgeier fixierte den jungen Vogel, dann hob er den Schädel in einer langen Bewegung weit nach oben, als würde er zu etwas ausholen.

Da ertönte über ihnen ein Schrei.

Die Vögel blickten in die Höhe. Und auch der Bartgeier wandte sich von dem Jungvogel ab und blickte in den Himmel über sich.

Weit oben über ihnen segelte ein zweiter Greifvogel – nochmal stieß er einen Schrei aus.

Der Bartgeier richtete seine Aufmerksamkeit wieder auf die Vogelgruppe um ihn herum.

»Hier glaubt jemand, er wüsste mehr als ich«, rief er, »aber ich frage euch, hat hier jemand irgendeinen Beweis für dieses Meer?«

Einige Vögel in der Gruppe schüttelten den Kopf.

Der Bartgeier wandte sich wieder an den Jungvogel.

Spöttisch fragte er: »Bist du nicht der, der letztens hier bei uns im Dorf erzählte, er hätte eine der Bergziegen zum Freund?«

Der Jungvogel aber versteckte sich unter seinen Flügeln, zitternd, und ließ keine Antwort hören. Einige der Vögel in der Gruppe lachten höhnisch. Kein Vogel, der bei Verstand war, schloss Freundschaft mit einer Ziege.

»Und du!«, fuhr der Bartgeier den Raben auf dem Brunnen an, »wer bist du, dass du hier deine Lügen erzählen kannst? Sieh dich an! Kaum Federn unter den Augen! Erwartest du, dass wir hier jemandem wie *dir* glauben?«

Wieder war spöttisches Gelächter zu hören, dieses Mal noch von einigen Vögeln mehr.

Und wieder ertönte von weit oben im Himmel ein Schrei.

Der Bartgeier blickte nach oben und hielt einen Moment inne.

Dann rief er drohend in die Runde: »Seht euch vor!«

Ohne die Gruppe aus dem Blick zu lassen, öffnete er seine Flügel und ließ die Brust anschwellen.

Die um ihn herumstehenden Vögel wichen noch mal einige Schritte zurück, so groß war seine Spannweite. Dann begann er mit den Flügeln zu schlagen, hob ab und schwang sich wortlos in die Luft.

Die zurückbleibenden Vögel hielten noch eine Weile gespannt den Atem an, bevor erleichtertes Gemurmel einsetzte.

Einige Neugierige traten nun langsam wieder näher an den Raben heran.

Der hatte die Szene von seinem sicheren Platz auf dem Brunnenrand aus beobachtet.

Dort sitzend blickte er dem Bartgeier hinterher.

»Warum sagt er, dass es das Meer nicht gibt?«, fragte der junge Vogel, der kurz zuvor noch vom Schatten des Bartgeiers verschluckt worden war. Er zitterte immer noch.

Die Runde schwieg.

Die Vögel, die zuvor höhnisch gelacht hatten, lösten sich nun aus der Gruppe.

Die Geschichten, die der Kolkrabe über dieses so genannte Meer zu erzählen hatte, schienen sie nicht mehr zu interessieren.

Als dem Raben bewusst wurde, dass sich die Gruppe seiner Zuhörer in Auflösung befand, hüpfte er flink auf seine vorherige Position und beeilte sich fortzufahren.

»Hört her! Ihr wollt also wissen, wie weit das Meer entfernt ist? Die Menschen sagen, es sind 10.000 Kilometer!«

Er blickte erwartungsvoll in die Runde.

Aber von den übrig gebliebenen Vögeln zeigte keiner eine Reaktion. 10.000 Kilometer – niemand von ihnen wusste mit dieser Angabe etwas anzufangen.

Zwei weitere Vögel verließen gelangweilt die Gruppe und flogen davon.

Der Rabe blickte ihnen hinterher und seufzte.

In ruhigerem Ton richtete er sich nun an die verbliebenen Vögel.

»Ihr wisst nicht, was 10.000 Kilometer bedeuten, stimmt's?«

Einige der verbliebenen Vögel schüttelten den Kopf.

»Das bedeutet, dass es viele Tage und Nächte Flug sind. Sehr viele Tage und Nächte.«

Nun nickten die Zuhörer.

Mit dieser konkreteren Benennung der Entfernung des Meeres konnte jeder von ihnen etwas anfangen. Wollte man das Meer sehen, musste man zu einer wirklich langen Reise bereit sein.

»In welche Richtung muss man fliegen?«, fragte Avinius nun den Raben.

Ihm gefiel, wovon der fremde Vogel sprach.

»Wie du fliegen musst? Das ist ganz leicht. Du fliegst mit der Sonne im Rücken um die Mittagszeit. Immer mit der Sonne im Rücken.«

»Wann warst du das letzte Mal dort?«, fragte Avinius' Nachbar.

Der Rabe stutzte.

»Ich?«

»Ja … du!«

»Also … es ist schon einen Weile her«, begann der Rabe etwas holprig.

Er blickte in die gespannten Gesichter um ihn herum.

Dann sagte er, von einem Moment auf den anderen in einen trotzigen festen Ton wechselnd: »Ein halbes Jahr, höchstens. Eher kürzer. Aber darum geht es auch gar nicht. Es geht um das Meer. Unendliches Wasser! Fragt die Zugvögel …«

Avinius entfernte sich von der Gruppe. In seinem Dorf war noch nie ein echter Zugvogel vorbeigekommen.

Er konnte sich nichts davon vorstellen, was der fremde Vogel verkündet hatte. Unendliches Wasser? So groß wie nichts, was man sich vorstellen kann? Wärmende Felder aus Sand. Und doch klangen die Sätze des fremden Vogels in Avinius' Kopf nach. Wie die letzten Töne eines besonders hübschen Amselrufs.

Ganz gleich *wie* dieses Meer auch aussehen mochte – es hörte sich nach Weite an. Noch größer und ferner als die, die er von ihren Berggipfeln aus bewunderte.

Avinius spürte, wie es unter seinen Federn zu kribbeln begann.

Mit der Sonne im Rücken.

Immer mit der Sonne im Rücken.

Die Entscheidung

IN DER FOLGENDEN NACHT saß Avinius wach auf seinem Zweig.

Die Berggipfel schimmerten blau im Licht des Mondes.

Er dachte ans Meer und an die Möwen, die unter diesem Mond und in dieser Nacht auf den Wellen ritten.

Jetzt, wo er von ihnen wusste, war ihm, als hörte er aus der Ferne ein leises Juchzen.

Unendliches Wasser.

Felder aus warmem Sand.

Freunde, groß wie Inseln, die einen mit um die ganze Welt nahmen. In dieser Nacht fasste Avinius einen Entschluss. Einen, den zuvor noch niemals ein Vogel in seinem Bergdorf gefasst hatte.

Am folgenden Morgen erzählte er seinen Eltern von der Geschichte des fremden Vogels.

Als er ihnen verkündete, dass er aufbrechen würde, um das Meer zu suchen und – vor allem – um es zu finden, passierte etwas, womit er nicht gerechnet hatte.

Man könne nicht einfach losfliegen, um etwas zu suchen, nur weil irgendein fremder Vogel davon erzählt habe, sagte seine Mutter. Und noch viel weniger, wenn es sich bei diesem fremden Vogel um einen Raben handele.

»Es ist ein Vogel des Unglücks.«

Außerdem sei er noch zu jung und zu unerfahren für so eine Reise.

»Wie erfahren muss man sein, um das Meer zu suchen?«, fragte er sie.

»Man muss groß sein. Sonst geht es nicht.«

»Warum seid ihr dann noch nicht aufgebrochen, um das Meer zu suchen?«, fragte er.

»Weil es das Meer nicht gibt«, mischte sich sein Vater in das Gespräch ein.

Avinius war überrascht. Soweit er wusste, war sein Vater noch nie am Meer gewesen.

Deshalb reichte ihm seine Erklärung auch nicht.

Denn Avinius mochte es nicht, wenn jemand von etwas, das er selbst nie gesehen hatte, sprach, als wäre es die Wahrheit.

»Du warst noch nie dort. Woher willst du das wissen?«

»Es sind 10.000 Kilometer. Der Rabe hat es euch gesagt. Man sollte misstrauisch werden, wenn etwas so weit entfernt sein soll. Wahrscheinlich gibt es es dann gar nicht.«

»Es sind viele Tage und Nächte Flug. Unter diesen 10.000 Kilometern kann ich mir überhaupt nichts vorstellen«, sagte Avinius, der sich selbst aber eingestehen musste, dass sich der Weg zum Meer durch diese Beschreibung der Menschen besonders lang anhörte.

»Niemand ist so eine Strecke je geflogen«, sagte sein Vater, »schon gar kein kleiner Bergpieper wie wir. Wir fliegen auf Almwiesen herum, auf der Suche nach Würmern im Gras. Das ist es, was *wir* machen. Wir sind nicht gemacht für weite Strecken. Was soll das überhaupt heißen: ‚unendliches Wasser'?«

»Dass es so weit ist wie der Himmel. Dass es nicht aufhört, selbst am Horizont nicht.«

»Außer dem Himmel gibt es nichts, was unendlich ist, Avinius. Das Dorf, in dem wir leben, hat Grenzen. Die Berge enden in den Gipfeln. Unser Ast hier, dort drüben hört er auf. Der Tag endet, die Nacht beginnt.«

Avinius fühlte Ärger in sich aufsteigen.

Das, wovon der fremde Vogel erzählt hatte, konnte man sich nicht alles ausgedacht haben.

Der Rabe war selbst dort gewesen, vor kurzem noch. Zumindest hatte er das behauptet, auch wenn er, wie Avinius schon bemerkt hatte, an dieser Stelle seiner Verkündung etwas in Stocken geraten war.

»Der Rabe konnte euch keinen Vogel außer sich selbst nennen, der schon einmal am Meer war. Kommt dir das nicht seltsam vor?«, sagte sein Vater, als hätte er Avinius' Gedanken erraten. Und dann fügte er hinzu: »Außerdem, und vielleicht ist das noch wichtiger: Es passt einigen Vögeln nicht, dass man solche Ideen hat. Was wäre aus dem kleinen Vogel geworden, wenn ihn der Bartgeier mit seinem Schnabel geschlagen hätte.«

»Ich soll das Meer nicht suchen, weil der Bartgeier nicht dafür ist?«, rief Avinius.

Seine Vater seufzte und sagte eine Weile lang nichts. Dann blickte er zu Avinius' Mutter.

Die nickte.

»Mein Sohn, du hörst nun etwas, was wir dir noch nicht erzählt haben.«

Avinius war überrascht über die Einleitung seines Vaters, nickte aber, gespannt auf das, was er nun hören würde.

Sein Vater begann: »Der Bartgeier war noch nicht immer hier. Vor langer Zeit lebten wir hier ohne jemanden, der den Vögeln sagte, was getan werden darf und was nicht. Irgendwann war er auf einmal da, jung, nicht so heruntergekommen wie heute, und er war friedlich und verträglich. Zu jener Zeit damals wurde viel über etwas gesprochen, das die Vögel *Meer* nannten. Es war das Lieblingsthema aller Vögel. Jeder von uns wollte einmal dorthin. Damals war das kein Problem, man konnte frei darüber reden. Niemand hatte Angst, bei irgendjemandem deshalb verraten zu werden. Als der Bartgeier, jung und kräftig wie er damals war, von diesem Meer hörte, beschloss er, es zu suchen. Vom Marktplatz aus ist er aufgebrochen, umringt von allen Vögeln des Dorfes. Auch wenn die meisten von uns täglich vom Meer sprachen – niemand hatte den Mut, ihn zu begleiten. Monatelang war er weg, vielleicht ein Jahr, als hätte es ihn nie gegeben. Wir hatten ihn schon fast vergessen.

Doch auf einmal war er wieder da. Er sah verändert aus, dünn und klapprig, ein löchriges Federkleid. Von da an befahl er den Vögeln im Dorf, nicht mehr vom Meer zu reden. Anfangs wollten sich einige der Vögel nicht daran halten. Sein Zorn hat sie hart getroffen.«

»Was ist ihm passiert?«, fragte Avinius.

»Keiner weiß es, mein Sohn. Manche sagen, er hätte das Meer nie gefunden. Vielleicht erträgt er es nicht, dass er mit Nichts zurückkam.«

Avinius wusste nicht, was er denken sollte.

Für seine Eltern schien das, was er vorhatte, vor allem eines zu sein: beschwerlich und ungewiss. Deshalb waren sie dagegen.

Das war die eine Seite.

Dass aber ein anderer Vogel der Grund sein sollte, um zu einer Reise nicht aufzubrechen, das wollte ihm nicht in den Kopf.

Er blickte von ihrem Ast aus gedankenverloren hinunter.

Dort spielten zwei Eichhörnchen um die Wurzel ihres Baumes.

Dann drehte er sich wieder um in Richtung Baumstamm, wo sein Vater das Gespräch über gestanden hatte. Ihm fiel auf, dass sowohl sein Vater als auch seine Mutter immer in der Nähe des Baumstammes saßen.

Er sagte: »Mich interessieren diese 10.000 Kilometer nicht.«

»Wie meinst du das?«, fragte sein Vater.

»Mich interessiert, ob die Sonne scheint. Wie weit ich von meiner Flugbahn aus blicken kann. Ob ich Durst habe und ob ich Bäche finde, damit ich trinken kann. Ob ich für mich sein kann oder gemeinsam mit anderen Vögeln fliege. Ist es dann nicht gleich, wie weit das Meer entfernt ist?«

Sein Vater schwieg.

Er sah Avinius prüfend an und dachte offensichtlich über die Worte seines Sohnes nach.

»Dich interessiert also, ob auf so einer Reise die Sonne scheint?«, fragte er dann.

»Genau das!«, rief Avinius.

»Das wird sie aber nicht immer, mein Sohn«, sagte sein Vater leiser, »sie wird nicht immer scheinen.«

In den folgenden Tagen sprach Avinius nicht mehr mit seinen Eltern über das Meer. Er sprach nicht über den Bartgeier. Er sprach nicht über den Raben, der wieder so schnell aus ihrem Dorf verschwunden war, wie er zuvor aufgetaucht war.

Die Tage verbrachte er mit seinen Freunden. Auch unter ihnen fand sich keiner, der mit ihm aufbrechen wollte, um nach dem Meer und den Möwen zu suchen.

Sie machten Ausflüge zur Federspitze und sahen den Bergziegen beim Klettern zu.

Er aber blickte in die Ferne.

In diesen Tagen jedoch nicht zu den Berggipfeln, die am Horizont in der Sonne glänzten.

Sondern auf das, was dahinter liegen mochte – aber außer ihm niemanden zu interessieren schien.

Eines Abends dann entschied er, dass er nicht mehr länger warten würde. Ganz gleich, was seine Eltern sagten. Ganz gleich, ob ihn einer seiner Freunde begleiten würde oder nicht.

Wenn er ans Meer dachte, kribbelte es in seiner Brust.

Das war das Einzige, was zählte.

Noch bevor er seinen Eltern den Entschluss verkünden konnte, trat sein Vater zu ihm heran.

Avinius sah, dass seinem Vater klar war, dass er sich entschieden hatte.

»Du weißt, wo dein Dorf ist«, sagte sein Vater, »ein Vogel vergisst so etwas nicht.«

Avinius nickte.

»Wenn du der Meinung bist, dass du lange genug gesucht hast, dann komm zurück.«

Avinius juchzte und lachte laut.

»Ich komme zurück, wenn ich es gefunden habe«, rief er.

Seine Eltern lächelten.

Der Aufbruch

Als am nächsten Tag die Sonne aufging, versammelten sich Avinius' Freunde um den Baum seiner Familie.

Er spürte ein Zwicken in seiner Brust, als er sich von allen verabschiedete.

Um den Moment nicht unnötig in die Länge zu ziehen, stieg er schnell in die Luft und orientierte sich in Richtung Federspitze.

Dort angekommen, versuchte er vorwegzunehmen, wo die noch tiefe Morgensonne gegen Mittag stehen würde. Er

drehte sich so, dass sein Schnabel in die entgegengesetzte Richtung zeigte.

Dann, ohne, dass es sich nach etwas Besonderem anfühlte, brach er auf.

Ihr Dorf, das ein kleines Dorf war, ließ er schnell hinter sich. Er steuerte auf das Nachbardorf zu, von dem sein Vater ihm einmal erzählt hatte.

Noch bevor er es erreichte, merkte er, dass seine Flügel schwer wurden.

Er ließ sich runter zur Erde sinken und landete am Rand eines Wäldchens, um sich etwas auszuruhen.

Als er neue Kraft in den Flügeln spürte, stieg er wieder hoch in die Luft.

Er ließ ihr Nachbardorf hinter sich und das größere Dorf dahinter ebenfalls.

Beim Fliegen fiel Avinius etwas auf.

Er merkte, dass die Kraft in seinen Flügeln länger hielt, wenn er die Geschwindigkeit seiner Flügelschläge reduzierte. Eine Technik, die er bei größeren Vögeln schon einmal beobachtet hatte.

Bei den kurzen Ausflügen zur Federspitze waren er und seine Freunde meist um die Wette geflogen.

Schnell und wild und ohne auf die Idee zu kommen, dass ihre Ausdauer so nicht lange halten würde.

Er ertappte sich dabei, wie ihm der Satz seines Vaters – *Nichts ist unendlich* – durch den Kopf huschte, verdrängte ihn aber schnell wieder.

Er schlug langsamer mit den Flügeln, immer langsamer, bis er, wenn der Wind richtig stand, für kurze Momente sogar ganz damit aufhören konnte und dann nur noch als straff gespannter Bogen vom Wind getragen wurde.

Von einer Böe zur nächsten – so wie die Möwen auf ihren Wellen.

Die Technik kam ihm anfangs allerdings recht riskant vor. Denn passte er nicht ganz genau auf, kam er sofort ins Trudeln, wenn er von einer Böe ungünstig erfasst wurde. Dann kostete es ihn umso mehr Kraft, um mit einigen korrigierenden Flügelschlägen zurück in die Bahn zu kommen.

Doch je öfter er es ausprobierte, umso leichter fiel es ihm, die Phasen des Schwebens zu verlängern.

Als ihm auffiel, dass er während des Schwebenübens so konzentriert war, dass er dabei gar nicht ans Meer dachte, störte er sich daran einen kurzen Moment.

Doch genau dann drückte von links wieder eine Böe heran, die ihn von einem Augenblick auf den anderen voll erwischte. Ohne bewusst darüber nachzudenken, spannte er sofort beide Flügel an, machte sich zu dem straff gespannten Bogen und trieb ohne einen Gedanken im Kopf schwerelos im Wind dahin.

Er war unterwegs.

Und er trainierte, so zu fliegen wie die großen Vögel.

Vielleicht reichte das für den Moment ja auch.

"Es gibt kein Meer"

Um die Mittagszeit achtete Avinius darauf, die Sonne im Rücken zu haben.

Ganz wie es der Rabe empfohlen hatte.

Um seine Reiserichtung den Nachmittag über halten zu können, prägte er sich am Horizont eine Gipfelformation ein und nahm sich vor, bis zum Abend auf diesen Punkt zuzufliegen.

Auch den Nachmittag verbrachte er mit dem Üben des Schwebeflugs.

Als sich Dämmerung über das Land legte, flog er runter zur Erde, um sich einen geschützten Platz für die Nacht zu suchen.

Am Rande eines kleinen, hübschen Weihers traf er auf einen Schwan.

Graziös glitt er über das glatte Wasser. Von Zeit zu Zeit tauchte er den Schnabel in den Weiher, um etwas zu trinken.

»Weißt du, wohin ich fliegen muss, um das Meer zu finden?«, fragte Avinius den Schwan.

Der Schwan hob in einem anmutigen und eleganten Schwung den schlanken Hals und ließ das Wasser im Schnabel die Kehle herunter laufen.

Dann sagte er: »Das fragst du *mich*? *Hier*? Auf diesem hübschen Weiher fragst du mich nach dem Meer?«

Avinius nickte.

Der Schwan sagte: »Sieh dir die Trauerweiden dort drüben an. Siehst du sie? Sind sie nicht wunderschön?«

Avinius blickte zu den Trauerweiden und fand, dass sie tatsächlich sehr schön waren.

Dann blickte er wieder zu dem Schwan.

Als der merkte, dass er immer noch auf eine Antwort wartete, sagte er: »Dir ist es wirklich ernst damit, was?« Dabei glitt er vor ihm in geschwungenen Achten hin und her. Avinius nickte wieder.

»Also gut«, sagte der Schwan. »Ich sage es dir.«

Wieder schwamm er vor Avinius auf und ab.

Dann sagte er: »Es gibt kein Meer.«

Dabei beobachtete er aufmerksam, wie Avinius auf seinen knappen Satz reagierte.

»Es gibt es nicht?«, fragte Avinius, mehr aus Reflex.

»Es kommt ab und zu mal jemand vorbei und fragt nach dem Weg. Aber früher öfter als heute. Das letzte Mal ist schon lange her.«

»Und nur weil selten jemand danach fragt, soll es das Meer nicht geben?«

»Für *mich* jedenfalls nicht.«

»Wie meinst du das?«

»Wie ich das meine? Sieh dir doch die Seerosen dort hinten an, wie wunderhübsch sie sind. Sind sie nicht schön?«

Avinius blickte nicht zu den Seerosen. Sie waren ihm zuvor schon aufgefallen.

Der Schwan blieb nun im Wasser vor ihm stehen.

»Hör zu, ich sage dir, wie es ist. Dieses Meer ist nichts anderes als ein großes Missverständnis. Gesehen hat es noch niemand. Und selbst wenn es nicht so wäre, ich komme hier jeden Tag in den Genuss dieses wunderhübschen Weihers, dieser wunderschönen Trauerweiden und dieser anmutigen Seerosen. Und nicht nur das – ich habe all das hier nur für *mich*.« Die Stimme des Schwans klang triumphierend. »Ich muss hier nichts mit irgendjemandem teilen. Der

Weiher, die Trauerweiden, die Seerosen – ich habe alles hier ganz für mich allein!«

Avinius sah den Schwan schweigend an.

Der Schwan blickte gespannt zu Avinius.

»Und?«, fragte Avinius dann.

Nun bekam die Stimme des Schwans etwas Rauschhaftes. »Die Frage nach dem Meer stellt sich für mich doch gar nicht!«, rief er.

Avinius drehte sich um und ging ein paar Schritte am Ufer des Weihers entlang.

Gesehen hat es noch niemand.

Das klang absolut.

Er fragte sich, ob er hätten einhaken, den Raben in ihrem Dorf nach mehr Details vom Meer fragen sollen. Als der Rabe in seiner Erzählung gestockt hatte, hätte er fragen sollen: *Hey du, warst du wirklich schon einmal dort?*

Er hätte auch auf einen nächsten Vogel warten können, der vom Meer erzählte, und sich dann erst entscheiden können, loszufliegen.

Aber er wusste, dass er dann niemals aufgebrochen wäre. Und er erinnerte sich an etwas, das sein Großvater ihm einmal gesagt hatte. *Die meisten Vögel machen es sich viel zu schwer, Avinius. Sie glauben, sie müssten über alles angestrengt nachdenken, um sich für oder gegen etwas entscheiden zu können und um so ihr Geschick selbst zu bestimmen. Auf welchem Ast sie ihr Nest bauen, auf welcher Wiese sie nach Futter suchen. Sie alle machen sich nur etwas vor. Es gibt eine Stimme tief in dir. Sie weiß, was richtig für dich ist. Hör auf sie. Die meisten Vögel haben das verlernt. Aber wenn du auf sie hörst, so offen und ehrlich wie du es kannst, dann weißt du, was du tun musst. Und dann ist es immer richtig.*

Die Dunkelheit hatte sich nun ganz über den Weiher gelegt, über die Trauerweiden und die Seerosen, die nun wie schwarze Löcher auf dem düsteren Wasserspiegel trieben.

Avinius flog zu einem nahe gelegenen Ast und setzte sich dicht an den Baumstamm.

Sollte der Schwan sich doch an seinem Weiher erfreuen und an seinen Trauerweiden und den Seerosen.

Er brauchte keine Seerosen.

Er war auf der Suche nach der Ferne.

Von seinem Ast aus blickte er noch einmal zu dem Schwan.

Er kniff die Augen zusammen.

Und er wunderte sich.

Irgendetwas stimmte nicht.

Bis hierhin war ihm gar nicht aufgefallen, dass das Gefieder des Schwans schwarz war.

Vielleicht aber lag es auch nur an der Dunkelheit.

Er wurde sich bewusst, dass er nun zum ersten Mal in seinem Leben eine Nacht alleine verbringen würde.

Schon fast im Schlaf, landeten seine Gedanken wieder beim Meer und unter seinen Federn kribbelte es.

Dann schlief er erschöpft ein.

Die gelben Augen, die, nur ein paar Bäume entfernt, aus der Düsternis und hinter dem Vorhang einer Trauerweide in seine Richtung starrten, sah er nicht mehr.

"Unendliches Wasser?"

DIE AUFGEHENDE SONNE schickte ihr Licht durch die Baumkrone auf Avinius' Ast.

Er öffnete blinzelnd die Augen. Die Luft war klar und frisch, der Weiher lag ruhig und glatt vor ihm wie am Abend zuvor.

Die Verwirrung, die der Schwan für einen Moment in ihm ausgelöst hatte, war über Nacht wieder verschwunden.

Nun ärgerte er sich über ihn.

Denn Avinius mochte es nicht, wenn jemand über etwas, das ihn selbst überhaupt nicht interessierte, sprach, als wäre es die Wahrheit.

Er trank ein paar Schlucke aus dem Bach und stieg wieder in die Luft.

Er überflog die nächsten Dörfer.

Das Treibenlassen und Schweben, das er am Tag zuvor geübt hatte, fiel ihm nun noch leichter. Fast wechselte er unbewusst und instinktiv in diese Phasen.

Auch schien es ihm, dass seine Flügel kräftiger waren als noch am Tag zuvor.

Er stieß einen Juchzer in den Himmel über sich.

Er war unterwegs.

Und er übte.

So flog er einige Tage, teils bis in die Nächte hinein. Ans Meer dachte er nur ab und zu.

Eines Mittags, die Sonne stand ihm direkt im Rücken, ging er runter zur Erde.

Am Fuß einer Pappel hörte er ein freundliches Zwitschern.

Er schaute um die Pappel herum und sah dort, neben einer mächtigen Wurzel, eine Amsel.

»Gibt es das Meer?«, fragte er sie. Noch während er die Frage stellte, stutzte er, überrascht über sich selbst.

Am Abend zuvor hatte er den Schwan nicht nach der Existenz des Meeres gefragt, sondern nach dem Weg dorthin.

»Ha!«, rief die Amsel und blickte ihn neugierig an.

Avinius wartete einen Moment, ob sie noch etwas mehr sagen würde. Was sie aber zunächst nicht tat. Stattdessen stocherte sie mit dem Schnabel in dem Gras neben der Wurzel. Dann aber blickte sie auf und sagte: »Es hat seit langem niemand mehr danach gefragt. Genau kann man das jedenfalls nicht sagen. Wenn du mich fragst, ich glaube nein.«

»Warum glaubst du nicht daran?«, fragte Avinius.

»Kannst du dir das etwa vorstellen? So viel Wasser?«

»Wir haben einen großen See bei uns.«

»Aber Seen, so groß sie auch sein mögen, werden von Land begrenzt«, sagte die Amsel. »Das Land gibt es, wir beide sitzen gerade darauf. Aber das Meer? Unendliches Wasser?«

»Du meinst, es gibt nichts, was unendlich ist?«

»Das nicht«, sagte die Amsel. »Ich kann es mir nur nicht vorstellen. Deshalb habe ich lieber hier meinen Spaß.«

Avinius schüttelte sich.

Er hüpfte auf die Wurzel der Pappel und ging darauf ein paar Schritte entlang.

Mittlerweile war er weit geflogen und er war weit entfernt von seinen Freunden.

Er war aufgebrochen, um das Meer zu suchen und vor allem, um es zu *finden.* Und das nur, weil ein fremder Vogel, ein verlotterter Rabe noch dazu, davon in ein paar lebendigen Sätzchen erzählt hatte.

Er hätte nachhaken müssen!

Weißt du was, flieg mit mir und zeig mir den Weg! Sonst glaube ich dir kein Wort!

Er merkte, wie er mit dem Gedanken spielte, umzukehren.

Seine Eltern und seine Freunde würden vor Freude flattern, wenn sie ihn sähen.

Er würde von den Dörfern erzählen, über die er geflogen war, von den Tieren, die er aus der Luft gesehen hatte, von den Bächen und Flüssen, die glänzend in Feldern und Wäldern lagen, von anderen Vögeln, mit denen er gesprochen hatte. Er würde bei einem ihrer Ausflüge zur Federspitze darauf verzichten, der Erste sein zu wollen. Während seine Freunde, schon auf dem Gipfel sitzend, auf ihn warteten, würde er im Schwebeflug zu ihnen kommen und sich mit einem sparsamen letzten Flügelschlag die Meter vor der Landung treiben lassen.

Seine Freunde würden staunen und ihn mit anderen Augen sehen. Vielleicht würde er den ein oder anderen so ja sogar dazu inspirieren, ebenfalls lange Entdeckungsflüge zu machen. Und dann gingen sie zu zweit oder zu dritt auf die Reise. Sie würden die Tage über gemeinsam fliegen und die Nächte nicht alleine sein.

Dann aber, inmitten dieser Gedanken, fiel ihm etwas auf. Eine kleine Ungereimtheit, die ihn innehalten ließ.

Er tapste wieder einige Schritte zurück und näher an die Amsel heran und sagte:

»Du hast gerade gesagt *unendliches Wasser.*«

»Und?«

»Woher weißt du das?«

»Was?«

»Ich habe dich nach dem Meer gefragt. Von *unendlichem Wasser* habe ich gar nicht gesprochen.«

»Immer, wenn jemand vom Meer erzählt, fällt dieser Ausdruck irgendwann, *unendliches Wasser*«, sagte die Amsel und zuckte gleichgültig die Flügel.

»Der fremde Vogel in unserem Dorf hat es mit genau demselben Ausdruck beschrieben – unendliches Wasser …«

»Welcher *fremde Vogel*?«

»Na … der Rabe natürlich.«

Nun stutzte die Amsel und sah ihn fragend an.

Dann sagte sie: »Sag' ich doch, irgendwann nennt es jeder so, der davon erzählt.«

Avinius hielt inne.

Vielleicht, ja vielleicht mochte dieses Meer am Ende nur ein funkelndes Gerücht sein, von dem jeder, der davon erzählte, dem anderen in denselben Worten nachplapperte.

Oder aber – die, die es wirklich schon gesehen hatten, benannten es so, wie es wirklich war: unendlich.

Irgendwann würde er umkehren müssen.

Ein Leben lang wollte er nicht nach dem Meer suchen, verloren umherirrend, bis er ein alter Vogel war, mit zerzaustem Gefieder, der jede Nacht auf einem anderen Baum schlief.

Aber ob er jetzt umkehrte oder noch ein paar Tage weiterflog, was machte das schon für einen Unterschied.

Und was machte es für einen Unterschied, ob ein Schwan das Meer verleugnete oder ob eine Amsel nicht daran glauben wollte.

Er würde weiterreisen.

Er würde fliegen.

So, wie er bis hierhin geflogen war.

Avinius stieg in die Luft.

Von unten hörte er noch die Amsel, die ihm hinterher rief: »Aber wenn du es findest, dann sag mir Bescheid!«

Nur kurz blickte er noch zurück und nickte.

Er beschloss, bei nächster Gelegenheit jemand anderes zu fragen, ob es das Meer gab.

Jemanden, der es wirklich wissen musste.

Einen Menschen.

Bei den Menschen

DAS NÄCHSTE DORF, das Avinius überflog, war das größte, das er je gesehen hatte.

Über Felder hinweg näherte er sich den ersten Häusern, alle mit großen grünen Gärten.

Dann aber wurden die Gärten seltener, die Häuser dafür größer und höher, manche ragten sogar so weit in den Himmel, dass er sich fragte, ob sie noch höher sein mochten als die Federspitze zu Hause.

Bäume zum Rasten sah er kaum noch, hier und da erspähte er von oben aus einen kleinen Busch.

Aber insgesamt sah alles gleich und grau aus.

So war Avinius eine ganze Zeit lang über den nicht enden wollenden Straßen und Häuserzeilen unterwegs, als er plötzlich weit unter sich einen Marktplatz erblickte.

Viel größer als der in ihrem Dorf, aber es war ein Marktplatz.

Ein Platz, auf dem Menschen unterwegs waren – manche ruhig, manche eilten – und in dessen Mitte ein großer Springbrunnen stand.

Der Platz war von hohen Häusern und einigen Bäumen gesäumt und an seinem äußeren Rand waren Bänke aufgereiht, auf denen hier und da Menschen saßen.

Avinius flog hinunter zu einer Bank, auf der ein Mann alleine saß und etwas aß.

Er landete auf der Rückenlehne, drehte den Kopf zu dem Mann neben sich und fragte: »Gibt es das Meer?«

Der Mann aber antwortete ihm nicht. Ja, zunächst schien es, als hätte dieser ihn nicht einmal gehört. So unbeweglich saß er dort, ein Brot in beiden Händen. Sogar das Kauen schien er auf einmal eingestellt zu haben.

Avinius fragte sich, ob der Mann eingeschlafen war.

Schon wollte er weiterfliegen, zu einer der anderen Bänke und dort jemanden fragen, als sich der Kopf des Mannes behutsam und vorsichtig zu bewegen begann.

Den Körper starr, drehte er den Kopf, bis er Avinius direkt in die Augen blickte.

Der Mann lächelte.

»Wo kommst du denn her?«, sagte er mit sanfter Stimme, »so einen wie dich habe ich hier ja noch nie gesehen!«

»Gibt es das Meer?«, wiederholte Avinius seine Frage.

»Du willst ein paar Krümelchen, nicht wahr?«

Avinius schüttelte den Kopf.

»Pass auf, ich gebe dir ein bisschen was, okay? Das wirst du mögen, mein Kleiner.«

Der Mann nahm ein Stück von seinem Brot zwischen Daumen und Zeigefinger und zerdrückte es zu ein paar Krümeln, die er vor die Bank streute.

Avinius wurde klar, dass der Mann ihn nicht verstand.

Er seufzte.

Warum war es nur so schwierig, eine Antwort auf so eine einfache Frage zu bekommen?

Manche meinten zu wissen, dass es das Meer nicht gab.

Andere glaubten nicht daran.

Und wieder andere verstanden ihn nicht.

Er beschloss, ab jetzt niemanden mehr nach dem Meer zu fragen. Es hielt ihn nur auf.

Avinius hüpfte vor die Bank und pickte nach den Krümeln, die der Mann dorthin gestreut hatte.

Er hatte es ja nur gut gemeint.

Der Specht

AVINIUS FLOG. Seine Flügel waren nun so kräftig, dass er die Tage über keine Pause mehr machen musste.

Er flog im Morgengrauen.

Er flog mit der Sonne im Rücken um die Mittagszeit.

Er flog bis in die Dämmerung, jeden einzelnen seiner Tage, von denen er schon lange nicht mehr sagen konnte, wie viele es mittlerweile waren.

Häufig erst in der Nacht, wenn es so dunkel war, dass er den eigenen Schnabel vor Augen nicht mehr sehen konnte und es ein paar Mal fast zu schweren Kollisionen mit anderen reisenden Vögeln gekommen war, schwebte er runter auf die Erde, um dort zu übernachten.

Die meiste Zeit flog er allein und je länger er unterwegs war, desto seltener fühlte er sich einsam.

Während der Tage, die er nun durchflog, versank er ganz in der Welt, die unter ihm vorbeizog.

Er war mit offenen Augen unterwegs und er war ganz bei sich.

Er traf andere Vögel, fröhliche und missmutige, lustige Vögel, schüchterne und leise Vögel, laute und schrill Lachende.

Die erste von einer Reihe besonderer Bekanntschaften für Avinius war ein Specht.

Er hatte sich in einem kleinen Wald auf dem Ast einer Fichte niedergelassen, als in unmittelbarer Nähe plötzlich Hämmern einsetzte.

Er reckte den Hals und lugte auf die andere Seite des Baumstammes.

Dort saß der Specht und bearbeitete mit seinem Schnabel den Stamm.

»Was machst du denn da?«, fragte Avinius.

»Ich hämmere«, sagte der Specht knapp, zwischen zwei seiner Schläge.

Avinius war überrascht. Er machte einen von zwei Flügelschlägen unterstützten Hüpfer auf den Ast neben den Specht.

»Und warum tust du das?«

»Damit die anderen wissen, dass ich da bin«, sagte der Specht, wieder ebenso knapp.

»Die anderen?«

»Ich markiere mit dem Hämmern mein Revier. Solange ich hier hämmere, hämmert hier kein anderer.«

»Meinst du nicht, es würde reichen, dass du selbst weißt, dass du da bist?«

Der Specht hielt wieder kurz inne, er schien zu überlegen. »Schwer zu sagen, aber offen gestanden hämmere hier lieber ich, als dass es jemand anderes für mich tut.«

Avinius sah sich um, konnte in den umstehenden Bäumen aber niemanden entdecken.

»Ich sehe hier überhaupt niemanden«, sagte er.

Der Specht schaute sich ebenfalls kurz um.

Dann sagte er: »Na, siehst du. Niemand da. Es funktioniert!«

»Hat hier denn außer dir schon mal irgendjemand anderes gehämmert?«, fragte Avinius.

»So weit ich weiß, nein. Aber ich hämmere ja auch seit ich denken kann.«

Avinius wusste nicht, was er zu der Logik des Spechts sagen sollte.

»Willst du es denn mal probieren?«, fragte der Specht ihn auf einmal.

»Ja, gerne!«, rief Avinus.

Er tauschte mit dem Specht den Platz und rückte dicht an den Baumstamm heran.

Dann hieb er mit seinem kurzen Schnabel ein Mal dagegen.

»Fester!«, rief der Specht von der Seite.

Avinius machte ein paar festere Schläge gegen den Stamm.

»Man hört gar nichts«, sagte der Specht.

»Aber es macht Spaß!«, rief Avinius.

»Probier es schneller!«, feuerte der Specht ihn nun an.

Avinius machte einen Satz schneller und fester Hiebe gegen den Baum.

»Man hört immer noch nichts«, sagte der Specht, hörbar enttäuscht. »Es ist zwecklos, wenn dich keiner hört. So wird niemand wissen, dass du da bist.«

Die Einfältigkeit des Spechts begann Avinius zu langweilen.

Er machte sich wieder auf den Weg.

Auf seinen Weg.

Zum Meer.

Die Tauchenten

EINIGE TAGE SPÄTER verbrachte er einen Nachmittag mit ein paar Tauchenten, die ihm schon aus der Luft aufgefallen waren.

Von weit oben sah er, wie sie auf dem Teich schwammen und wie auf einmal eine von ihnen, von jetzt auf gleich, im Wasser verschwunden zu sein schien.

Erst dachte er, er hätte sich versehen.

Also drehte er zwei weitere Runden über dem Teich und beobachtete, dass tatsächlich immer wieder eine oder mehrere der Enten, die gerade noch auf der Oberfläche geschwommen waren, kopfüber in den Teich tauchten.

Er flog hinunter, landete auf der Wiese und näherte sich vom Ufer aus zwei der Enten, die näher am Rand des Teiches schwammen und dort tauchten.

»Warum taucht ihr die Köpfe unter Wasser?«, fragte er sie.

Die kräftigere der beiden guckte zu ihm herüber und sagte: »Um etwas zu fressen zu finden.«

»Unter Wasser?«, rief Avinius überrascht.

»Natürlich«, antwortete sie und ergänzte dann: »Aber, wenn man ehrlich ist, das ist nur ein Teil der Antwort.« Dabei warf sie ihrer Freundin einen prüfenden Blick zu.

»Wie meinst du das?«, fragte Avinius.

Die beiden Tauchenten gaben sich mit den Schwimmfüßen sanft Anstoß und ließen sich noch näher zu ihm in Richtung Ufer treiben.

»Warum interessiert dich das denn?«, fragte nun die dünnere der beiden.

»Ich habe sowas noch nie gesehen. Es sieht lustig aus.«

»Lustig?«

»Ja.«

»Die meisten der Tauchenten …«, fuhr die dünnere der beiden fort und deutete mit dem Kopf in Richtung Teichmitte, wo ein halbes Dutzend anderer Enten schwamm und regelmäßig im Wasser verschwand, »... also, die meisten von uns tauchen tatsächlich nur, um Fressen zu finden.«

Avinius war, als hätte die Ente die Stimme gesenkt.

»So, wie ihr.«

»Nicht nur ...«, schaltete sich die kräftigere der beiden wieder ein. »Manche von uns haben noch andere Gründe.«

Sie machte wieder eine Pause und drehte ihren Kopf für einen vorsichtigen Blick in Richtung Teichmitte zu den anderen Enten.

Dann sagte sie, noch leiser, fast flüsternd: »Um ehrlich zu sein, es ist einfach sehr schön dort unten. Ich meine, hier oben ist es auch schön. Es ist freundlich, die Blumen blühen bunt, die Sonne scheint. Aber dort unten! Dort ist es wunderbar ruhig und friedlich, alle Geräusche sind gedämpft und weich, die Sonne erhellt das Wasser in das schönste Blau und Grün, aber sie blendet dich nicht mehr. Dort unten bist du einen kurzen Moment lang kein Teil der Gruppe mehr. Dort bist du ganz für dich! Verstehst du?«

Avinius nickte.

»Außerdem, und das ist vielleicht noch wichtiger: Wäre es nicht merkwürdig, wenn man die eine Hälfte seiner Welt gar nicht kennen würde?«

Avinius nickte heftig.

In ihm hüpfte etwas, als er die Ente so sprechen hörte. Wenn jemand verstand, was es hieß, auf der Suche nach dem anderen Teil der eigenen Welt zu sein, dann schließlich er.

Die kräftigere der beiden Enten schwamm nun so nah ans Ufer zu Avinius heran, dass sie im seichten Wasser stehen konnte.

»Es gibt da noch etwas anderes«, flüsterte sie, »man darf es kaum laut sagen. Aber die Fische dort unten, sie sind …«

»Sag's ihm«, sprach die dünne Ente aufmunternd, »er sieht so aus, als würde er's verstehen!«

Die kräftigere der beiden Enten fuhr fort: »… also, manche Fische da unten sind für uns mittlerweile so etwas wie – Freunde.«

»Ihr habt Fische als Freunde? Unter Wasser?«, rief Avinius.

»Pssst! Leise! Leiser!«, sagte die dickere der beiden Enten schnell und wedelte mit einem Flügel. »So etwas hört hier nicht jeder gern. Tauchenten tauchen, um Futter zu finden, verstehst du? Man taucht nicht aus anderen Gründen. Jedenfalls sagen das die Anderen. Aber wenn man unter Wasser seine Augen offen hält, dann sieht man auf einmal viel mehr als nur Futter. Wir und die Fische sind uns viel ähnlicher als man auf den ersten Blick meint. Wir schwimmen, sie schwimmen. Sie da unten, wir hier oben. Es gibt keinen Unterschied. Verstehst du?«

Avinius nickte wieder.

Die beiden waren mit die vernünftigsten Tiere, die er bislang getroffen hatte.

»Willt du es mal versuchen?«, fragte die dünne Ente.

»Ja, gerne!«, rief Avinius.

»Pass auf, es ist ganz einfach. Leg den Kopf in den Nacken und stell dir vor, du setzt zum Sturzflug an. Und zack, bist du drin!«

Und tatsächlich.

Avinius legte den Kopf in den Nacken und machte einen Ruck nach vorne ins Wasser.

Und dann tauchte er.

Es war so ruhig und friedlich, wie Avinius es noch nie erlebt hatte. Alle Geräusche waren gedämpft und weich, die Sonne erhellte das Wasser in das schönste Blau und Grün, aber sie blendete nicht mehr.

Er war kein Vogel mehr, kein Teil einer Gruppe, er war ganz für sich.

Er traf fröhliche Fische und missmutige, lustige Fische, schüchterne, die schnell hinter einer Wasserpflanze verschwunden waren, und laut Blubbernde.

Und oben, an der Wasseroberfläche, schimmerten die beiden Silhouetten der Tauchenten.

Die Katze

In den folgenden Tagen kam es zu keinen Begebenheiten mehr wie mit dem Specht oder den beiden Tauchenten.

Avinius lernte ein paar Eichhörnchen kennen, mit denen er einen Nachmittag lang spielte. Und ein Wildschwein, das sich im Morgengrauen den Rücken laut grunzend an der Birke kratzte, auf der er schlief.

Sonst aber flog er.

Jeden Tag.

Mit der Sonne im Rücken um die Mittagszeit.

Er flog frei von dem lähmenden Gewicht der Zweifler und des Unglaubens, befreit von denen, die die Existenz des Meeres sogar ganz bestritten. Und über die, die ihn nicht einmal verstehen konnten – die Menschen – lohnte sowieso kein Gedanke mehr.

In dieser Zeit aber machte er Bekanntschaft mit jemand Neuem. Mit jemandem, der seiner Reise zum Meer gefährlicher wurde als jeder der Zweifler zuvor: mit sich selbst.

Mitten im Nirgendwo, fernab von jedem Dorf, erblickte er eines Morgens aus großer Höhe einen Bauernhof.

Er praktizierte schon eine Zeitlang das Treibenlassen, als gespannter Bogen, schwerelos im Himmel, als ihm das Gehöft tief unter ihm auffiel.

Er beschloss, hinab zu fliegen und sich anzusehen, was es dort gab.

Als er im Hof direkt vor einem der Stalltore landete, stellte die Bäuerin gerade einen Schale Milch nach draußen neben die Haustüre.

Eine schwarze Katze, wohl genährt und mit dichtem, makellos glänzendem Fell saß daneben – umringt von drei gelben Meisen. Alle vier beugten sich zu der Schale mit der Milch, um davon zu trinken.

Avinius wunderte sich noch über das friedliche Miteinander der schwarzen Katze und der drei Vögel – als die Katze ihn schon entdeckte.

Sofort richtete sie sich auf.

Beide Vorderbeine nebeneinander durchgestreckt blickte sie aufmerksam zu ihm herüber. Die Spitze ihres Schwanzes bewegte sich hinter ihrem Kopf schwerelos hin und her.

Noch mit Milch im Fell ums Maul rief sie in sonorem Schnurren: »Hey du, komm doch mal rüber!«

Avinius zögerte.

In ihrem Dorf musste man sich vor Katzen in Acht nehmen.

Die tiefe Stimme dieser Katze aber klang sanft. Sie klang so einnehmend und zugewandt, dass Avinius' Vorsicht sofort zerrann.

Außerdem saßen da ja noch die drei Meisen, in unmittelbarer Nähe der Katze. Sie tranken immer noch aus der Schale mit der Milch.

Was sollte also schon passieren?

»Es gibt Milch«, rief die Katze in seine Richtung, machte eine kurze Pause, um zu sehen, wie er reagierte und fügte dann hinzu: »Und weiches Brot!«

Und ohne, dass er sich bewusst dafür entschieden hätte, zog es ihn hin zu ihr und hin zu der Schale mit der Milch.

»Du willst sicher probieren?«, sagte sie, als er neben ihr stand. Es klang nicht wie eine Frage.

Und Avinius kam es so vor, als hätte sich dabei eine unsichtbare Tatze, freundschaftlich, auf seine Schulter gelegt.

Die Meisen beachteten ihn nicht. Sie hingen immer noch mit ihren kleinen Schnäbeln in der Schale mit der weißen Flüssigkeit oder sogen an den zu Schwämmchen aufgequollenen Brotstücken.

»Probier ruhig«, sagte die Katze wieder schnurrend und schob mit der Tatze erst die Meisen unsanft zur Seite, dann das Schälchen näher zu ihm heran. »Es wird dir gut tun. Bei mir ist noch jeder Reisende wieder zu Kräften gekommen.«

Avinius fiel noch auf, dass die Meisen viel dicker waren als die, die er kannte. Eine von ihnen so sehr, dass ihr kleiner Schnabel in ihrem aufgegangenen Gesicht fast verschwand. Dann tauchte auch er seinen Schnabel in die Schale.

Die Milch war warm, floß weich die Kehle hinunter, und erfüllte seinen von der Reise ausgezehrten Körper sofort mit ungeahnter süßer Wohligkeit. Bis in jede Feder.

Er wusste nicht, wie lange er getrunken hatte. Als er wieder zu klarem Bewusstsein kam, lehnte er satt und zufrieden an der Wand des Hofhauses.

Auf dem Boden neben ihm schliefen die drei Meisen, die Beinchen standen, ihrer Körperfülle wegen, nach oben in die Luft.

Auf seiner anderen Seite saß die Katze, ihn fest im Blick, und ihr schwarzes seidiges Fell schimmerte weich in der Abendsonne.

Als sie merkte, dass er wieder ansprechbar war, glitt sie von ihrem Platz und schob sich auf die andere Seite, zwischen ihn und die schlafenden Meisen.

»Wo kommst du her?«, fragte sie ihn. »So jemanden …«, sie schien einen Moment ihre Worte zu überlegen, »… Interessanten … wie dich habe ich hier bisher noch nicht gesehen.«

»Ich bin unterwegs zum Meer«, antwortete er ihr.

»Oh – wie aufregend«, sagte die Katze, der natürlich aufgefallen war, dass seine Antwort nicht zu ihrer Frage passte. »Das ist sicher ein weiter Weg – zu diesem Meer. Aber wenn es einer schafft, dann doch sicher du.«

Aus dem Augenwinkel bemerkte Avinius noch, dass in ihrem Blick etwas funkelte, das nicht zu der Sanftheit ihrer Stimme passen wollte.

Aber es kümmerte ihn nicht weiter.

Die durch die Milch verursachte Wohligkeit überstrahlte jedes andere Gefühl.

Dann fiel er in einen tiefen und traumlosen Schlaf.

Als er am nächsten Morgen erwachte, lag die schwarze Katze direkt vor ihm, den Kopf auf die Vordertatzen gelegt. Die drei Meisen standen neben ihr.

»Du kannst bleiben, wenn du willst«, sagte sie ohne sich zu bewegen und mit fixem Blick, nur die Spitze ihres Schwanzes wedelte schwerelos hin und her.

»Die drei hier waren auch auf einer langen Reise, so wie du«, sie zeigte auf die Meisen, »dann aber haben sie sich entschieden, hier zu bleiben … bei mir.«

Geschmeidig erhob sie sich und rutschte noch ein Stück näher an ihn heran.

»Es gibt hier alles, was dein kleines Herz begehrt. Einen Bach dort drüben, dort kann man baden. Frische Milch und weiches Brot, jeden Tag, so viel du willst. Und natürlich gibt es uns. Deine neuen Freunde – wenn du willst …«

Eine der Meisen nickte Avinius zu. Weil sie so dick war, wippte dabei ihr ganzer kleiner draller Körper.

»Also, warum …«, fuhr die Katze fort und malte dabei mit einer Pfote kleine Kreise in die trockene Erde vor sich, »… warum soll man sich so anstrengen – für die Ferne? Wenn man es hier … bei mir, viel … einfacher haben kann?«

Sie blickte ihn aus schmalen Schlitzen auffordernd an. Ein weißer Eckzahn blitzte hell vor ihrem schwarzen Fell.

In diesem Moment öffnete sich die Türe des Bauernhauses. Die Bäuerin trat einen Schritt heraus und stellte eine Schale mit frischer Milch und Brot auf den Boden.

»Siehst du?«, sagte die Katze in vertraulichem Schnurren, als die Türe wieder zugeschlagen war, »es ist für alles gesorgt.« Dabei tippte sie ihm zwei Mal sanft aber doch bestimmt auf die Brust, die Krallen sorgsam eingefahren.

Avinius merkte, wie ihn die vielen Sätze der Katze verwirrten.

Vielleicht lag es auch an der Milch vom Vorabend.

Er fühlte sich träge wie schon lange nicht mehr und richtig denken konnte er auch nicht.

Bis zu diesem Punkt seiner Reise hatte er sich auf sein Gefühl verlassen können, wonach ihm war und wonach nicht. Das aber spürte er nun kaum noch.

Und doch wusste er in diesem Moment zweierlei.

Das eine war, dass die Katze ausgesprochen freundlich zu ihm war. Und spendabel war sie auch, zu ihm und auch zu den drei wohl genährten Meisen.

Das andere aber war, dass es irgendetwas gab an ihr, das ihn unwohl fühlen ließ.

Doch als er sah, wie die drei Meisen ihre Schnäbel wieder in die Schale mit der frischen Milch tauchten, hatte er sich schon entschieden: Er wollte bleiben.

Nicht für immer, natürlich nicht, nur ein wenig, bis er neue Kraft geschöpft hätte, um wieder aufzubrechen.

Und so verbrachten sie die kommende Zeit in ihrer Gruppe zu fünft.

Ihre Tage begannen, als die Sonne schon hoch am Himmel stand. Und sie endeten mit frischer Milch und Brot, bevor sie unterging.

Um die Mittagszeit badete er mit den Meisen in dem schmalen Bach nahe dem Hof.

Stets begleitet von der Katze, die ihn und die Meisen vom Ufer aus nicht aus den Augen ließ.

Sie hatte ihm aber auch nicht zu viel versprochen.

Es gab Milch und Brot so viel sie wollten. Keiner von ihnen hatte mehr einen Grund, selbst auf die anstrengende Suche nach Würmern oder Insekten zu gehen.

Mit den Meisen selbst konnte Avinius nicht viel anfangen. Sie sprachen kaum ein Wort und das, was sie sagten, ging nicht über Belangloses hinaus.

Auch gemeinsames Fliegen war keine Freude mit ihnen. Avinius wollte ihnen den Schwebeflug zeigen und gemeinsam neue Figuren ausprobieren. Aber zwei von ihnen schafften es, ihrer Übergewichtigkeit wegen, gerade so, auf einen tief hängenden Ast zu flattern. Die dickste der drei versuchte es erst gar nicht und glotzte ihnen vom staubigen Boden aus hinterher.

Und trotzdem war er froh über die Gesellschaft der drei.

Der Gedanke, mit der Katze, so freundlich und zuvorkommend sie war, alleine zu sein, ließ ihn im Bauch etwas Kühles fühlen.

Avinius merkte, dass er mehr und mehr ankam, an diesem Ort, der frei von jeder Mühe war.

Dachte er zwischendrin ans Meer, erfüllte ihn der Gedanke mal mit einem Ruck und mit Energie, sofort wieder loszufliegen – meist aber nur mit einer Art mildem Glück.

So vergingen die Tage.

Doch genauso unerwartet, wie er sich entschieden hatte, auf dem Bauernhof eine Zeit lang zu bleiben, kam der Morgen, an dem er wusste, dass er gehen musste.

Er war gerade aufgewacht aus einem tiefen und wieder traumlosen Schlaf.

Obwohl er die Tage über kaum noch flog, fühlte er sich müder und erschöpfter als in den Wochen zuvor.

Schon seit ein paar Tagen war ihm aufgefallen, dass er, nach der morgendlichen Milch und dem Brot, immer seltener Lust verspürte, in die Luft zu steigen und an neuen Schwebetechniken zu üben.

Das gefiel ihm nicht.

Auch wenn es durchaus angenehm war, keinen Hunger mehr zu kennen, er wollte all das Gelernte nicht wieder verloren haben, wenn er nach Hause kam.

Er beschloss, die Milch und das Brot diesen Morgen auszulassen und direkt einen langen Ausflug in die Wälder um den Hof herum zu machen.

Die Katze und die Meisen aber hatten sich schon wieder um die frisch aufgefüllte Schale gereiht.

»Ah«, sagte die Katze, die sofort gemerkt hatte, dass Avinius aufgewacht war, »wir sind wieder komplett. Komm zu uns, das Brot ist besonders weich diesen Morgen.«

Avinius trat ein paar Schritte zu seiner Gruppe heran, als ihm auffiel, dass jemand fehlte.

Er blickte sich um, konnte die dickste der drei Meisen aber nirgendwo entdecken.

»Wo ist Lunis?«, fragte er in die Runde.

Die beiden übrig gebliebenen Meisen antworteten ihm nicht. Sie hingen mit ihren Schnäbeln zu tief in der Milch.

»Vielleicht ein Ausflug?«, fragte die Katze, die ihren Kopf ebenfalls in mehrere Richtungen drehte.

Dabei sprach sie so betont sanft und ohne jede Überraschung über das Fehlen der dritten Meise, dass Avinius nervös wurde.

»Lunis kann überhaupt nicht mehr fliegen«, rief er, »er ist viel zu dick, von der ganzen Milch und dem Brot!«

»Mach dir keine Sorgen«, sagte die Katze und schleckte sich dabei Milchreste aus dem Bart. »Er kommt sicher bald zurück.«

Als sie sich wieder runter zu der Schale beugte, sah Avinius die gelbe Feder, die ihr seitlich aus der Schnauze hing.

Erschrocken blickte er zu den beiden Meisen, die davon aber nichts mitbekommen hatten und sich nur um die Milch vor sich kümmerten.

Avinius' Blick fiel auf die Schale.

Nicht mal die schwimmenden gelben Federn schienen ihnen aufzufallen, direkt vor ihren Augen, in der Milch, aus der sie tranken.

Die Fluggans

NACH SEINER FLUCHT von dem Bauernhof flog Avinius drei volle Tage und Nächte durch, ohne Pause, ohne Schlaf.

Intuitiv achtete er darauf, die Sonne mittags im Rücken zu haben.

Ans Meer aber dachte er nicht.

Er sprach kein Wort, mit niemandem.

In ihm lärmte etwas.

Und Stille war das Einzige, das er dem Lärm in seinem Kopf entgegensetzen konnte.

Er verstand sich selbst nicht.

Er verstand nicht, was dort auf dem Bauernhof mit ihm passiert war. Eine Schale Milch und ein paar freundliche Worte einer sanften Stimme hatten gereicht, um sich selbst komplett verlieren zu können.

Wie hatte er sich abbringen lassen können, von seiner Suche nach dem Meer?

Wie hatte er nicht klar sehen können, dass die Freundlichkeit der Katze nichts als Verführung gewesen war? Tödliche Verführung!

In diese Gedanken hinein schob sich still und leise die Begleiterin, mit der er die längste Zeit auf seiner Reise verbringen würde.

Auf einmal war die Fluggans neben ihm. Schweigend, in vollem Flug und bei hoher Geschwindigkeit.

Ab und zu passierte es schonmal, dass man zufällig in der Flugbahn neben einem anderen Vogel landete und dass man sich eine Zeitlang begleitete.

Die Fluggans aber sagte weder etwas, als sie auf einmal neben ihm auftauchte, noch machte sie irgendwelche Anstalten, sich wieder von ihm zu entfernen.

Avinius hatte sie, seiner Gedanken an die vergangenen Tage wegen, zunächst überhaupt nicht bemerkt.

Doch auf einmal spürte er von der Seite Blicke auf sich ruhen.

Und tatsächlich, als er aus dem Augenwinkel zur Seite linste, stellte er fest, dass dort jemand zu ihm schaute.

Er drehte den Kopf zu ihr und blickte in ein so freundliches und offenes Gesicht, eines, das von keinerlei anderen Gedanken oder irgendeiner Ablenkung getrübt war, so dass ihm warm ums Herz wurde.

Die Fluggans blickte ihn so wohlwollend und voll warmer Gunst an, wie er es selbst bei seinen Eltern oder Freunden nie erfahren hatte. Sie schien so sehr in diesem Moment und nur in diesem Moment zu ruhen, dass nichts anderes mehr existierte. Nicht die Flügelschläge davor, nicht die, die noch kommen würden.

Und so flogen sie den Nachmittag über weiter nebeneinander.

Schweigend.

Aus dem Nachmittag wurde ein zweiter gemeinsamer Tag, daraus ein weiterer und daraus noch einer und noch einer.

Avinius merkte, wie gut ihm seine Begleiterin nach der verstörenden Erfahrung auf dem Bauernhof tat. Auch wenn sie überhaupt nichts Besonderes machte.

Sie war einfach nur bei ihm.

Und sie ließ ihn bei sich sein.

Ohne, dass sie auch nur ein Wort miteinander wechselten, wurden sie sich vertraut.

Hatte er sich am ersten Nachmittag noch mit ein wenig Befremden gefragt, ob sie überhaupt reden konnte, spielte das nun, da sie seit mehreren Tagen zusammen unterwegs waren, für ihn keine Rolle mehr.

Selbst wenn sie wirklich nicht reden können sollte, was machte das für einen Unterschied? Vielleicht stellte sie sich dieselbe Frage.

Vielleicht aber war es auch etwas Anderes.

Vielleicht hatten sie beide eine unausgesprochene Übereinkunft, dass sie nicht miteinander reden würden.

Je länger sie unterwegs waren, desto klarer war ihm, dass sie beide die freiwillige Pflicht eingegangen waren, diese Vereinbarung nicht mehr zu brechen.

Wie nie zuvor auf seiner Reise schöpfte er in diesen Tagen Kraft – aus der bloßen Anwesenheit einer vertrauten Freundin, der Fluggans.

Keine Worte trübten ihre gemeinsamen Momente.

Ihr schweigende Vereinbarung verband sie stärker als es irgendwelche Worte gekonnt hätten. Aber es war noch mehr. So erfüllten sie einander mit einer unerschütterlichen Gewissheit gegenseitiger Zuneigung.

Zumal die Fluggans das, was sie ihm über sich verriet, mit Worten sowieso nicht hätte sagen können.

Avinius kannte nun den Rhythmus ihrer Flügelschläge, so gut wie seinen eigenen. Von tausend anderen Vögeln, ja von tausend anderen Gänsen, hätte er ihn unterscheiden können.

Er kannte nun ihren Atem, den er tags wie nachts neben sich hatte. So genau, dass er einmal mit pochendem Herzen aus seinen Gedanken hochschreckte, als sich eine andere Gans unbemerkt zwischen sie geschoben hatte und ihn das Geräusch des fremden Atmens plötzlich irritierte.

Sogar das besondere Flattern des Windes in ihrem Gefieder, das mehr ein weiches Rascheln war, hätte er von jedem Anderen unterscheiden können.

Niemals zuvor auf seiner Reise hatte er sich so aufgehoben gefühlt wie neben dieser schweigsamen Gans.

Und selbst der Abschied, nach vielleicht einer Woche gemeinschaftlichen Fliegens, fand ohne ein einziges Wort statt.

Beide wussten sie in dem Moment, dass es soweit war.

Sie blickten einander an, die Fluggans nickte ihm zu und dann entfernten sie sich, drifteten auseinander, langsam kleiner werdend.

Und selbst als die Fluggans im weiten Himmel nicht mehr viel größer war als ein schwarzer Punkt, war ihm, als schaute sie in seine Richtung.

Plötzlich stieg Sorge in ihm auf.

Ich bin zu klein, sie kann mich nicht mehr sehen, dachte er, *sie sieht nicht, dass ich zu ihr schaue.*

Dann aber kam sofort der Gedanke, der ihn erleichterte.

Aber sie weiß es.

Der Angriff

So flog Avinius in den darauf folgenden Tagen, für sich, ohne eine weitere Bekanntschaft.

Und auf einmal, ohne dass damit zu rechnen war, kam der Moment, den er sich zu Anfang seiner Reise so sehr gewünscht hätte.

Unter einem Baum mit wilden Kirschen traf er auf einen Eichelhäher.

Der pickte gerade zwischen den Kirschen nach ein paar Insekten.

Avinius stand neben ihm und stocherte mit dem Schnabel ebenfalls in den Wildkirschen herum.

Mehr beiläufig, und zum ersten Mal wieder seit seiner Begegnung damals mit dem Menschen, fragte er ihn dabei nach dem Meer.

»Ja, natürlich gibt es das Meer!«, sagte er Eichelhäher, ebenso beiläufig. Er sprach mit einer lustig hohen, kratzigen Stimme. »Willst du dorthin?«

Avinius' Herz hüpfte in die Höhe.

Er ließ von den wilden Kirschen ab und blickte hoch zu dem Eichelhäher. Er musterte den Vogel, der ihm gerade so selbstverständlich die Existenz des Meeres bestätigt hatte.

Er hatte hübsche, blau gedeckte Flügel und sah edel aus. Die Augen standen ungewöhnlich eng zusammen, blickten aber flink und schlau in die Gegend.

Avinius nickte heftig, um den Eichelhäher zu ermuntern, mehr zu erzählen.

»Es ist nicht weit von hier«, fuhr der mit seiner hohen, kratzigen Stimme fort. Dabei gestikulierte er mit einem seiner blauen Flügel in eine Richtung – als läge das Meer direkt hinter dem nächsten Stück Wald.

»Flieg mittags einfach mit der Sonne im Rücken, dann ist es nicht mehr weit!«

»Die Sonne im Rücken?«, rief Avinius, fast überschlug sich seine Stimme.

Nun war es der Eichelhäher, der aufblickte und ihn fragend von oben bis unten musterte.

»Ja …«, wiederholte er langsam, »die Sonne im Rücken.«

Avinius flatterte vor Freude juchzend in die Höhe.

Der Eichelhäher beobachtete ihn dabei zunächst überrascht. Dann, als hätte er etwas lange Verlorenes gefunden, blickte er ihn ungläubig und zugleich freundlich an und sagte: »Ich verstehe … dir geht es gar nicht um den Weg zum Meer.«

»Doch!«, rief Avinius. »Genau dort will ich hin.«

»Ich weiß«, sagte der Eichelhäher, nun leise und lächelnd, »ich kenne nun deinen Weg. Er war auch mal meiner … vor langer Zeit.« Die Worte des Eichelhähers schienen sich direkt unter Avinius' Flügel zu schieben.

Schon wollte er wieder in die Luft steigen, um zu seiner offensichtlich letzten Etappe zum Meer aufzubrechen – als aus einem nahe gelegenen Gebüsch eine tiefe Stimme zu ihnen drang.

»Lüge!«

Beide blickten sie in Richtung der Stimme.

Sie war nicht nur tief, sie klang rissig, fast wie ein Bellen.

Im Gebüsch raschelte es.

Ein riesiger Vogel trat daraus hervor, groß wie ein Hund oder vielleicht sogar wie eine Bergziege.

Avinius durchfuhr es eisig.

Um den Schnabel des riesigen Vogels schwankten schwarze Borsten, darunter waren Narben zu sehen und um die gelben Augen glühte ein roter Ring.

Der Bartgeier schritt auf sie zu.

Als er nur noch einen Schritt von den beiden entfernt war, hielt er inne.

Er zeigte mit dem Schnabel auf Avinius.

»Du hast geglaubt, du kannst losfliegen und einfach machen, was du willst, was?«, sagte er.

Avinius rührte sich nicht.

Der Bartgeier trat nun noch näher an Avinius heran. Er beugte sich zu ihm hinunter, so dass er kaum noch etwas vom Himmel über sich sehen konnte.

»Du bist tatsächlich auf dem Weg, das Meer zu suchen, was?«, sagte er, prüfend und langsam. »Auf dem Marktplatz habe ich es sofort gewusst. Wenn einer aufsässig werden würde, dann du. So was rieche ich. Deine Augen haben gefunkelt, als dieser Idiot von Rabe von diesem Meer gefaselt hat. Die anderen im Dorf, alle schlicht und faul. Über die muss man sich keine Gedanken machen. Sie hören auf mich. Du aber …«, der Bartgeier ließ seinen Kopf über Avinius kreisen und fixierte ihn abwechselnd mit dem linken und dem rechten Auge, » … du willst nicht hören, was?«

Avinius traute sich kaum zu atmen.

Der Bartgeier kam ihm nun so nahe, dass dessen schwarze Borsten seinen kurzen Schnabel berührten.

»Du dummer kleiner Bergvogel«, sagte der Bartgeier, nun so langsam und jedes Wort einzeln aussprechend, dass er fast gedankenverloren wirkte. »Warum fliegst du nicht einfach zurück in dein Dorf, wo du hingehörst?«

Avinius ertrug es nun nicht mehr, stumm vor dem Bartgeier zu stehen und die Luft anzuhalten.

»*Ich* suche das Meer! Nicht du!«, platzte es aus ihm heraus. »Wieso solltest *du* etwas dagegen haben?«

Der Bartgeier stutzte und blickte kurz zum Eichelhäher.

Dann richtete er sich wieder an Avinius, die Augen zu schmalen Schlitzen zusammengezogen.

»Du denkst gar nicht an dein Dorf? Was passiert wohl, wenn sich *solche* Ideen durchsetzen? Wenn auf einmal jeder auf die Idee kommt, irgendetwas zu suchen? Irgendetwas hinterher zu jagen?« Und dann brüllte er Avinius seine tiefe Stimme mitten ins Gesicht: »Etwas, das es überhaupt nicht gibt!« Er holte tief Luft, offensichtlich um Beherrschung bemüht. In mühevoller Fassung fuhr er fort. »Das macht niemanden in der Gemeinschaft glücklich.«

»*Mich* macht es glücklich!«, rief Avinius.

Nun lachte der Bartgeier tief und laut und höhnisch auf.

»Dein kleines Glück wiegt noch weniger als du selbst! Es bedeutet überhaupt nichts. Und schon gar nichts gegen den Frieden in der Dorfgemeinschaft.«

In Avinius brodelte es. In seinem Kopf stieg ein Rauschen auf, das er merkwürdigerweise sogar sehen konnte. Es war rot.

Aus dem Augenwinkel nahm er den Eichelhäher wahr, der sich ein paar Schritte zurückgezogen hatte, der Auseinandersetzung aber aufmerksam folgte.

»Dir geht es überhaupt nicht um die Vögel im Dorf!«, rief Avinius. »Dir geht es darum, andere nach deinem Willen zu unterdrücken!«

Wieder lachte der Bartgeier laut auf, doch dieses Mal mischte sich ein unheimliches tiefes Gurgeln in sein Lachen, ein Gurgeln, das nach Schmerz klang.

»Du glaubst wirklich daran, was?«, bellte der Bartgeier. »Komm schon! Sag mir, dass du an dein Meer glaubst!«

»Ich glaube an die Wahrheit«, rief Avinius, »an eine, die auch mal deine war!«

»Wovon redest du?«, schrie der Bartgeier nun auf, in seine Stimme mischte sich etwas Ängstliches.

»Du selbst bist damals aufgebrochen, um das Meer zu suchen, aber dann … «.

Doch Avinius konnte nicht mehr ausreden.

Der Bartgeier versetzte ihm mit seinem riesigen Schnabel einen Hieb – mitten ins Gesicht.

Er taumelte.

Neben ihm schrie etwas, hoch und kratzig. Verschwommen nahm er wahr, dass der Eichelhäher davonflatterte.

Ihm war schwindelig. Schwarz vor Augen, vielleicht auch weiß, er war sich nicht sicher, ob er überhaupt noch sehen konnte.

Dann nahm er einen Luftzug in seinem Gefieder wahr und sprang intuitiv einen Schritt zur Seite.

Krachend landete der Schnabel des Bartgeiers im Sand neben ihm, an der Stelle, an der er kurz zuvor noch gestanden hatte.

Avinius konnte nun zumindest die Umrisse des Bartgeiers und seines riesigen Kopfes wieder erkennen.

Er versuchte loszufliegen, aber es blieb bei einem hilflosen Satz in die Luft. Sofort bekam er Schlagseite nach links und fiel zurück auf den Boden.

Ein Flügel musste etwas von dem Hieb abbekommen haben. Erst jetzt merkte er, dass er ihn nicht mehr bewegen konnte.

Avinius lag auf der Seite und wieder krachte ein Schnabelhieb neben ihn in den Sand.

Er rappelte sich auf, panisch, noch immer ohne klaren Blick und schaffte es kriechend in das Unterholz neben sich.

Das Geäst umgab ihn wie eine Höhle.

Er kauerte sich zusammen und zog den Flügel, den er noch bewegen konnte, so nah wie möglich an den Körper und über die Augen. So verharrte er darin, ohne sich zu bewegen, mit pochendem Herzen und der bangen Ungewissheit, ob er hier vor dem Bartgeier in Sicherheit war.

Er hob den Flügel, spähte hinaus und sah, wie sich die schwarzen Borsten des Greifvogels seinem Unterholz näherten.

Der riesige Schnabel hieb wieder herab auf die Äste und Zweige, die Avinius schützend umgaben.

Immer wieder krachte er auf das Unterholz.

Jedes Mal war sich Avinius sicher, dass der Schnabel gleich zu ihm durchbrechen, ihn im Nacken greifen und hinaus ins Freie reißen würde, wo er schutzlos im Staub liegen würde.

Zwischen den Einschlägen blitzten Bilder vor seinem geistigen Auge auf, kurze statische Szenen, die unmittelbar nachdem sie erschienen, wieder in das blendende Weiß oder ein Schwarz oder irgendetwas dazwischen verblassten.

Er sah sich und seine Freunde, sitzend auf der Federspitze.

Er sah seine Eltern auf ihrem Ast.

Er sah die im Schnee glitzernden Gipfel in der Ferne.

Und selbst in diesem Moment der absoluten Bedrängnis spürte er, wie sich sein Herz für den Bruchteil einer Sekunde wieder öffnete, der Sehnsucht nach der Ferne wegen.

Dann krachte es wieder auf das Geäst über ihm.

Mit der Zeit verschwamm der Rhythmus der Einschläge mit den Bildern in seinem Kopf, so dass er nicht mehr wusste, was gerade wirklich passierte und was nicht.

Er fiel nicht in einen Schlaf, aber in einen Zustand leichter und befreiter Körperlosigkeit, der seine Angst vor Schmerzen verschwinden ließ.

Aber nicht nur das.

Noch etwas passierte.

In dieser engen Höhle, in diesem Loch, das seine letzte Zuflucht war und kaum Platz für irgendeine Bewegung bot, gewann er ein Gefühl der Hoheit zurück.

Über den Bartgeier, aber vielleicht noch mehr über das Gefühl der Schutzlosigkeit und des Ausgeliefertseins, das der Bartgeier durch seine körperliche Überlegenheit in ihm ausgelöst hatte.

Und damit verschwand gleichzeitig auch das schlimmste aller Gefühle: das der Demütigung.

Selbst wenn es nie ein Meer gegeben hatte oder nie eines geben würde – wie konnte jemand anderes etwas dagegen haben, dass er es finden wollte?

Avinius wusste nicht, wie er es machte, aber er spürte diesen Zustand der Befreiung so intensiv, dass er ihn noch verstärken konnte, je mehr er sich darauf konzentrierte.

Es war, als flöge er in dieser luftigen, benommenen Leichtigkeit auf etwas zu.

Auf etwas, das er selbst noch nicht kannte, aber von dem er wusste, dass er dort erwartet wurde.

In diesem dämmrigen Zustand wurde Avinius mit einem Mal etwas klar: Wenn er keine Angst vor Schmerzen mehr hatte, dann würde ihm der Bartgeier nichts mehr anhaben können.

Selbst wenn der Schnabel des Bartgeiers bei einem der nächsten Hiebe zu ihm hindurch brechen würde. Sollte er doch!

Sollte er ihn doch packen, herauszerren und ihn töten.

Es gab das Meer.

Das Meer war keine Geschichte.

Seine Freunde und seine Eltern wussten, aus welchem Grund er aufgebrochen war. Er war aufgebrochen, um das Meer zu finden. *Das* war es, was das Meer zur Realität werden ließ.

Diese Gewissheit würde ihm der Bartgeier niemals nehmen können.

Das war das Einzige, was zählte.
Auch wenn er ihn tötete.
Um ihn herum wurde es dunkel und still.

Die Tage im Versteck

AVINIUS WUSSTE NICHT, wie lange er geschlafen hatte. In seinem Kopf waberte weißer Nebel. Sein Hals war trocken.

Er dachte ans Meer.

Langsam kamen bruchstückhaft Erinnerungen zurück.

Er sah die Borsten des Geiers vor sich und er hörte die Hiebe wieder, die auf das Holz über ihm gekracht waren.

Er versuchte trotz des engen Geästs seinen linken Flügel zu heben, merkte aber sofort, dass er nicht reagierte.

Erschöpft schlief er wieder ein.

In den beiden folgenden Tagen verschlechterte sich sein Zustand.

Nicht nur, dass er seinen Flügel nicht bewegen konnte.

Schmerzhaft wurde ihm nun klar, dass mit dem Angriff des Bartgeiers etwas in ihm verloren gegangen war, von dem er zuvor überhaupt nichts gewusst hatte: seine Leichtigkeit und Unbeschwertheit. Trotz aller Zweifler und Leugner war er bis hierhin doch von dem unschuldigen Gefühl durchdrungen, fliegen zu können, wohin *er* wollte.

Damit würde es nun vorbei sein.

Ein anderer Vogel hatte ihn angegriffen und verletzt.

In dieser elenden Lage sah er sich immer wieder selbst. Als hätte er ein zweites Ich, das das erste Ich von außen dabei beobachtete, wie es schwächer wurde.

Er begann zu hungern und Durst verklebte seine Kehle von innen.

Am Abend des zweiten Tages begann es zu regnen.

Das Geäst um seine Höhle hielt das meiste Wasser ab. Nur an einer Stelle tropfte es zu ihm hinein, so dass er mit aufgesperrtem Schnabel wenigstens ein paar Schlucke auffangen konnte.

Am Morgen des dritten Tages wurde Avinius von einer hohen, kratzigen Stimme geweckt.

»Psst, bist du da?«, hörte er jemanden von außerhalb seiner Höhle sprechen. »Ich hab' dir was mitgebracht.«

Avinius' Augen schmerzten.

Vom Geäst zerschnittene Sonnenstrahlen fielen scharf in seinen kleinen Unterschlupf.

Er blinzelte, um seine Augen an das Licht zu gewöhnen und linste durch ein paar Äste hinaus.

Es war der Eichelhäher.

»Kommst du da dran?«

Avinius sah, dass er eine Wildkirsche im Schnabel hielt, die er ihm in die Höhle zu bugsieren versuchte.

Er streckte den Hals, erwischte die Kirsche und war unendlich dankbar, seit Tagen wieder etwas zu essen in den Magen zu bekommen.

»Ist er weg?«, fragte Avinius den Eichelhäher, von dem er durch das Geäst hindurch nur einen blau-grauen Streifen sehen konnte.

»Ich denke schon«, hörte er es von draußen.

Avinius sagte nichts.

»Er hat dich ganz schön erwischt, was?«

Der Schock stand ihm immer noch starr und kalt im Gefieder.

»Er wollte dich töten«, hörte er wieder den Eichelhäher von draußen.

Avinius hätte sich nicht miserabler fühlen können. Und doch versetzte ihm die Klarheit des Eichelhähers einen zusätzlichen Stoß.

»Zwei ganze Tage und Nächte hat er hier draußen gewartet. Immer wieder hat er durch die Äste zu dir reingeschaut und geprüft, ob du dich noch bewegst. Wahrscheinlich dachte er irgendwann, dass du tot bist.«

Avinius schwieg immer noch.

»Du hast ihm Angst gemacht, mein Freund.«

»Ich ihm Angst gemacht?«, rief Avinius nun. »Er hasst mich. Warum hasst er jemanden, den er gar nicht kennt?«

»Er hat sich von dir bedroht gefühlt. Weil du an etwas Anderes glaubst als er. Das, woran du glaubst, ist das Mächtigste überhaupt. So mächtig wie nichts, was man denken kann. Kein Befehl könnte jemals deinen Glauben ändern. *Das* hat ihm Angst gemacht.«

»Ich hätte ihm überhaupt nichts tun können.«

»Oh doch, mein Freund«, sagte der Eichelhäher von draußen, »das hättest du. Und das könntest du immer noch. Mit der Wahrheit. Das ist die schmerzlichste aller Arten.«

Avinius wurde klar, dass der Eichelhäher draußen wusste, wovon er redete.

»Was meinst du, was cs für ihn bedeuten würde, wenn du in euer Dorf zurückkommst und vom Meer erzählst?«, fragte der Eichelhäher.

Avinius wusste es.

Leise, mehr zu sich selbst, sagte er: »Kein Vogel würde ihm jemals wieder glauben«.

»Wenn du die Nachricht, dass es das Meer wirklich gibt, in euer Bergdorf trägst, wird *seine* Geschichte zusammenbrechen. Die Vögel bei euch werden wissen wollen, wie es aussieht, das Meer, wie es sich anhört und wie es riecht. Du wirst Ihnen alles genau berichten können. Und dann werden sie sich nicht mehr ruhig stellen lassen. Sie werden gegen ihn aufstehen, der Wahrheit wegen. Kein Vogel erträgt es, Tag für Tag gegen die Wahrheit zu leben. Es wird ein Aufstand sein, den selbst er mit seiner körperlichen Kraft nicht mehr unterdrücken kann.«

Der Eichelhäher hatte Recht.

Es war so einfach.

Er war dabei, etwas zu finden, das dem Bartgeier vor vielen Jahren verwehrt geblieben war.

Und nicht nur das: Seine eigene Reise zum Meer war der Beginn der Bedeutungslosigkeit für den Bartgeier.

In diesem Moment war ihm, als erkannte er alles. Als erschlössen sich ihm mit einem Mal alle Antworten.

Auf alle Fragen.

»*Er* war es, der Angst vor *mir* hatte«, sagte er leise. »Ein Bartgeier, so groß wie eine Bergziege.«

Der Eichelhäher musste gute Ohren haben, denn er hatte jedes Wort gehört.

»Mein Freund, du musst nicht groß sein, um stark zu sein. Die meisten Vögel erkennen das leider nie.« Er machte eine kurze Pause und fügte dann hinzu. »Wahre Stärke sieht man nicht. Und man hört sie nicht. Wahre Stärke ist leise. Sie genügt sich selbst.«

Avinius verstand, von wem der Eichelhäher sprach. Von den unscheinbaren Vögeln, von denen, die mit ihren Rufen nicht in den Wettkampf um die lauteste Stimme eintraten, die ein Wettfliegen nicht unbedingt gewinnen mussten.

Beide schwiegen sie.

Durch die Stille hörte Avinius nun auf einmal etwas, das ihm zuvor überhaupt nicht aufgefallen war. Amseln zwitscherten in den umliegenden Zweigen, viel sachter und sanfter als sonst, und ihm war, als zwitscherten sie in seine Richtung. Und Wind rauschte weich durch die Blätter in den Baumkronen, hoch oben über seinem Versteck. Wind, dessen Rauschen ein Versprechen war, eines, das nicht verführte und das für nichts warb. Und doch war es ein Versprechen.

Wind, der einen trug.

Wohin man wollte.

»Brauchst du noch etwas?«, hörte er es dann wieder von draußen.

In Avinius' Brust verkrampfte es sich.

Er wollte nicht, dass der Eichelhäher ging.

»Wie kann ich dir danken?«, fragte er.

Der Eichelhäher schien zu überlegen.

Dann hörte er wieder die hohe, kratzige Stimme.

»Erzähl vielen Vögeln von dem, was du vorhast. Erzähl ihnen von allem. Von denen, die du getroffen hast. Und vor allem, erzähl Ihnen davon, was du finden wirst.«

Avinius unterdrückte den Drang, dem Eichelhäher die Frage zu stellen, was es denn seiner Meinung nach war, das er finden würde.

Er wusste es.

»Wie geht es deinem Flügel?«

Er versuchte, den verletzten Flügel anzuheben.

»Ich kann ihn wieder etwas bewegen.«

»Wie schön!«, rief der Eichelhäher von draußen. »Dann pass auf dich auf, mein Freund. Ich bin froh, dass wir uns getroffen haben. Fast hätte ich dich nicht erkannt.« Er hörte von draußen ein krächzendes Lachen. »Anscheinend werde ich alt.«

Dann setzte Flügelschlagen ein.

»Denk daran, die Sonne im Rücken! Du hast es fast geschafft.«

Avinius hörte es noch kurz flattern.

Dann war es ruhig.

Ein sehr breiter Fluss

In den folgenden Tagen sammelte Avinius langsam wieder Kraft.

Ab und an schaffte er es, aus seiner Höhle heraus zu schlüpfen. Aus einer Pfütze schöpfte er dann ein paar Schlucke abgestandenes Wasser. Unter dem Baum pickte er nach Wildkirschen.

Anfangs war er noch ängstlich, der Bartgeier könnte sich wieder hinter einem der Bäume versteckt haben, um ihn in einem Moment seiner Unachtsamkeit wieder anzugreifen.

Aber die Angst wich nach und nach der wieder stärker werdenden Sehnsucht nach dem Meer.

Eines Morgens dann, er fühlte sich ausgeschlafener als noch die Tage zuvor, wagte er sich wieder in die Luft.

Er peilte einen Ast auf der Wildkirsche an und begann, mit den Flügeln zu schlagen.

Erst fühlte er sich noch etwas ungelenk, doch dann war er überrascht, wie frei er den Flügel wieder bewegen konnte.

Sicher auf dem Ast angekommen, warf er einen Blick nach unten, auf das Unterholz am Fuß der Wildkirsche, sein Unterschlupf der letzten Tage.

Der Eichelhäher war ihm auf eine Art nahe gewesen, wie keines der Tiere zuvor auf seiner Reise – mit Ausnahme der Fluggans.

Beide hatten ihm auf ihre eigene Art alles gegeben, was sie hatten.

Die Fluggans hatte kein Wort gesprochen, aber sie war tagelang bei ihm geblieben, fest an seiner Seite.

Der Eichelhäher hatte ihn am Leben gehalten. Er hatte gewartet, während er ohnmächtig in seinem kleinen Unterschlupf gelegen hatte. Er hatte ihn mit Essen versorgt. Und mit Erkenntnis. Er hatte freimütig mit ihm sein Wissen geteilt, ohne dadurch selbst etwas verloren zu haben.

Avinius machte noch einmal einige Versuche mit dem verletzten Flügel und flog in der Krone der Wildkirsche zwischen ein paar Ästen hin und her. Er spürte, dass er hielt. Er würde wieder fliegen können.

Wohin er wollte.

So hoch er wollte.

So weit er wollte.

Und er würde das Meer finden.

So, wie er es sich vorgenommen und wie er es zu Hause versprochen hatte.

Und so wie er es dem Eichelhäher schuldig war.

Unter seinem Gefieder kribbelte es.

Aber etwas in ihm blieb auch kühler als noch zu Beginn seiner Reise.

Er wusste jetzt, dass er auf dem richtigen Weg war.

Ganz gleich auf welchem.

Sicherheit trug ihn durch die folgenden Tage. Beim Fliegen genoss er die Weite unter und vor sich und die Sicht auf einen schnurgeraden Horizont, die die immer flacher werdende Landschaft nun zuließ.

Ab und an schloss er sich wieder ein paar anderen Vögeln an, für einen Vormittag oder Nachmittag. Aber ganze Tage, wie mit der Fluggans, flog er mit niemandem mehr.

Anfangs hatte er noch gemerkt, dass der verletzte Flügel schwächer war als vor dem Angriff des Bartgeiers. Aber das besserte sich schon bald und schließlich spürte er zwischen beiden Flügeln keinen Unterschied mehr.

Er probierte neue Flugtechniken aus, die er sich von den Vögeln in der flachen Landschaft abschaute.

Um seine Reaktionsfähigkeit zu trainieren, flog er so schnell er konnte durch tiefe und dunkle Wälder und schoss in Schlangenlinien um die Bäume herum.

Er streifte in niedriger Höhe über Kornfelder, um sich den Tiefflug beizubringen, und ging dabei so weit nach unten, bis ihm die Ähren den Bauch kitzelten.

Manchmal stellte er abends überrascht fest, dass er den Tag über nicht ein einziges Mal ans Meer gedacht hatte.

Und einmal erwischte er sich sogar bei dem Gedanken daran, dass es ihn nicht mehr stören würde, wenn er das Meer nicht mehr fände. Die Bekanntschaften auf seiner Reise, die, die ihn in seinem Glauben an das Meer gestärkt hatten – die Tauchenten, die Fluggans, der Eichelhäher – sie alle waren für ihn unterwegs, ohne dass er es gemerkt hatte, an die Stelle des Meeres getreten.

Avinius flog.

Er flog freier und leichter als jemals zuvor.

Mittlerweile hatte er sich wieder so sehr an die Tage in der Luft gewöhnt, dass ihm die Nächte zu lange wurden.

Nicht, weil er irgendwo ankommen, sondern weil er fliegen wollte.

Schon im Morgengrauen machte er sich in diesen Tagen auf den Weg, bereit, einzutauchen in all das, wovon er seinen Freunden später einmal erzählen würde.

So stand die Sonne eines Morgens noch tief. Die frühen Schatten waren noch lang und der Wind, der ihm um den Schnabel wehte, war kühl und feucht.

Und er schmeckte, wie er fand, etwas salzig.

Als er seine Flughöhe für den Tag erreicht hatte, sah er unter der seitlichen Morgensonne am Horizont einen breiten Fluss glitzern.

Einen sehr breiten Fluss.

Glatt und glänzend lag er da.

Bläulich schimmernd, wie kein Fluss, den er jemals bis dahin gesehen hatte.

So weit er die glänzende Fläche mit zusammengekniffenen Augen auch absuchte, er konnte nicht eine Flussbiegung ausmachen.

Er würde sich zur Sicherheit etwas ausruhen, bevor er zur Überquerung ansetzte.

Auch wenn er bei den Enten tauchen gelernt hatte, für die Überquerung dieses Flusses würde er Kraft brauchen. Avinius wandte den Blick wieder weg von der glänzenden Fläche am Horizont, um eine Gruppe Gänse zu beobachten, die unter ihm in dieselbe Richtung flog.

Dann durchfuhr es ihn wie ein Blitz.

„Da ist das Meer!"

Er begann schneller zu fliegen, mit kräftigen Flügelschlägen. Und je schneller er flog und je schneller die im Sonnenlicht gleißende Fläche auf ihn zukam, desto lauter wurde es in ihm.

»Da ist es! Da ist es!«, rief er gegen den Wind, ja, er schrie es.

Er juchzte und ließ sich übermütig von Böen in die eine und die andere Richtung schleudern.

Die Gänse unter ihm drehten ihre Köpfe zu ihm nach oben.

Er legte die Flügel an, schoss zu ihnen nach unten, stob juchzend durch sie hindurch, so dass sich der Gänseschwarm kurz in zwei Gruppen teilte. Dann spannte er die Flügel wieder und stieg mit kräftigen Schlägen fast genau so schnell wieder nach oben, mitten in ihren Schwarm hinein.

»Da ist das Meer!«, rief er den Gänsen zu, »da hinten ist das Meer!« Er riss den Schnabel nach oben und schrie so laut er konnte in den blauen Himmel.

Die Gänse blickten sich fragend an.

Er richtete die Augen wieder in die Ferne zu der tief blau glänzenden Fläche.

So etwas Schönes hatte er noch nie gesehen.

Bis auf den Blick in die Ferne von der Federspitze aus vielleicht.

Das Meer gibt es nur in Geschichten! Niemand hat es jemals gesehen! Unendliches Wasser? Nicht vorstellbar.

Der Beweis, dass es anders war, lag in der Morgensonne glitzernd vor ihm.

Er wurde ruhig.

Und er versank ganz in sich.

Nie zuvor war er so eins mit den Schlägen seiner Flügel und mit dem Wind.

Nichts war mehr Anstrengung.

Nichts war mehr Mühe.

Alles war natürlich, so, wie es immer sein sollte.

Er merkte nicht, wie der Gänseschwarm um ihn herum abdrehte und er nun alleine auf das Meer zuflog.

Da lag es endlich vor ihm.

Das, wonach er die letzten Wochen, wahrscheinlich Monate, gesucht hatte.

Das, was es angeblich gar nicht geben sollte.

Das, woran man ihn hatte zweifeln lassen.

Und das, weswegen man ihn sogar angegriffen und verletzt hatte.

Und so greifbar nah das Meer nun auf einmal vor ihm lag, so sehr vermisste er auf einmal die Berge.

Er vermisste seine Freunde und seine Eltern.

Er vermisste die besondere Frische in den Federn, sobald man auf dem Weg zur Federspitze die Baumgrenze hinter sich ließ und nur noch Steine, Gräser und Ziegen da waren.

Aber es war nicht so, dass er sich sofort dorthin zurück gewünscht hätte.

Er fühlte sich vielmehr unendlich dankbar.

Dafür, dass das Meer nun endlich vor ihm lag.

Und dafür, dass er auch die Berge kannte und den Schnee darauf, der morgens in der Sonne funkelte.

Welcher Vogel kannte schon beides? Die Berge und das Meer.

Wie gerne hätte er diesen Moment des Glücks, das flüssig und golden durch ihn durchströmte, mit jemandem von zu Hause geteilt. Oder mit jemandem, mit dem er die ganze Reise bis hierhin gemeinsam gemacht hätte.

Er fragte sich kurz, ob er dann auch die Fluggans kennengelernt hätte. Ob er bei den beiden Enten tauchen gelernt hätte. Oder zu hämmern wie ein Specht. Ob ihm die verführerische Katze erspart geblieben wäre. Oder der Angriff des Bartgeiers. Und ob er dann auch nicht den Eichelhäher kennengelernt hätte.

Die aufgehende Sonne wurde wärmer und tauchte das Meer vor ihm in ein noch stärkeres Blau.

Avinius war in diesem Moment ganz im Hier und Jetzt.

Das Einzige, das zählte, war, dass er flog.

Nicht einmal das Meer, das dort hinten lag und das er bald erreichen würde, war jetzt noch wichtig.

Mit gleichmäßigen, kräftigen Schlägen flog er auf die glitzernde Fläche am Horizont zu.

"Immer der Sonne entgegen"

Als Avinius von weit oben einen gelben Streifen sah, matt schimmernd, tief unter sich, wusste er, dass das der Strand sein musste. Die Felder aus wärmendem Sand, wie der Rabe sie genannt hatte.

Er flog hinunter und spürte tatsächlich sofort nach der Landung die wohltuende Wärme der Sonne, die der Sand trotz des frühen Tages bereits in sich speicherte.

Er atmete ein paar Mal tief durch und betrachtete glücklich und erfüllt die Wogen aus Wasser, die mit lautem Rauschen an den Strand rollten.

Die Wellen.

Möwen, die auf ihnen juchzend ritten, sah er nicht.

Salziger Wind wehte ihm um den Schnabel und Avinius sog alles um sich herum auf wie Schlucke frischen Wassers nach einem langen trockenen Flugtag.

Er war tief eingenommen von dem unendlichen Blau vor sich. Und davon, dass er an sich geglaubt hatte.

So merkte er nicht, wie sich ihm zwei Vögel näherten.

Beide waren größer und kräftiger als er und hatten weißes Gefieder. Sie sahen edel aus.

Avinius blickte kurz zu der einen Möwe, dann zu der anderen.

Dann wandte er sich wieder in Richtung des vor ihm liegenden Meeres.

»Das ist das Meer!«, sagte er.

Die beiden Möwen neben ihm lachten.

»Du bist wohl nicht von hier!«, sagte die größere.

Avinius hörte den spöttischen Ton in ihrer Stimme und ein knapper Blick aus den Augenwinkel reichte, um den hochmütigen Ausdruck in den Augen der kleineren zu erfassen.

»Ich komme aus den Bergen«, antwortete er ihnen ruhig.

»Du kommst von *wo*?«, fragte nun die kleinere ungläubig.

»Aus den Bergen. Von wirklich sehr weit oben.«

Die beiden Möwen sahen sich überrascht an.

Dann pfiff die größere und rief ein paar Freunde herbei.

»Hey, kommt mal her! Der Kleine hier erzählt gerade, er käme … «, sie machte eine kurze Pause und blickte noch einmal kurz prüfend zu Avinius, »… er sagt, er käme aus den Bergen … von sehr weit oben.«

Sofort kamen ein paar weitere Möwen zu ihnen heran geflogen, landeten und gruppierten sich neugierig um Avinius herum.

Avinius hatte den Blick immer noch auf das glitzernde Wasser vor sich geheftet.

Immer mehr Möwen versammelten sich um ihn herum.

Dann blickte er in die Runde.

Die ihn umringenden Möwen musterten ihn neugierig.

»Gibt es hier Wale?«, fragte Avinius in die Runde, »so groß wie Inseln?«

Nun lachten die Möwen.

»Wale? Hier?«, fragte die große Möwe, die die anderen herbei gerufen hatte. »Dafür musst du noch ein bisschen weiter fliegen, Kleiner. Aber das wirst du kaum schaffen.«

Avinius sah der Möwe sanft in die Augen. »Warum nicht?«

»Das schaffen nicht mal …«, die Möwe zögerte, Avinius' gleichsam direkten wie besonnenen Blickes wegen, mit der Antwort, » … große Vögel.«

Avinius überraschte die Antwort der Möwe nicht.

Er wusste ja, dass die meisten Vögel ihre eigene Auffassung von Etwas für die Wahrheit hielten.

»Es kommt nicht darauf an, ob man groß oder klein ist«, sagte er dann zu ihr. »Wahre Größe sieht man nicht. Wichtig ist nur, ob man es wirklich will.«

Er blickte wieder zum Meer.

»Hey, aber nochmal«, meldete sich nun wieder die kleinere Möwe vom Anfang zu Wort, »die Berge, was?«

In der Gruppe der Möwen, die um Avinius herum standen, raunte es.

»Ich dachte, die Berge gibt es nur in Geschichten«, rief eine ältere, dünne Möwe.

»Nur in Geschichten?«, fragte Avinius.

In ihm begann etwas zu lächeln.

In der Gruppe um ihn herum nickte es. »Ja, nur in Geschichten«, wiederholten einige der Möwen abwechselnd.

Avinius spürte, wie es unter seinen Federn zu kribbeln begann.

Dann wandte er sich vom Meer ab und hin zu den Möwen um ihn herum.

In den Augen der beiden Möwen, mit denen er zu Beginn gesprochen hatte, hatte sich etwas verändert. Die kleinere schaute ihn nun offen an, ohne jeden Hochmut.

Im Blick der größeren lag Neugierde.

Er begann. »Hört mal zu!«

Doch bevor er weitersprechen konnte, landete ein anderer Vogel, der bis dahin nur über ihnen gekreist war, in ihrer Gruppe.

Es musste sich auch um eine Möwe handeln. Aber sie sah anders aus als die restlichen.

Ihr Gefieder war tief grau, fast schwarz.

Sie war deutlich größer, schwerer und ungelenker als die anderen Möwen und wirkte dadurch tapsiger, weniger elegant, fast tollpatschig.

Sie drängelte sich nach vorne, so dass sie direkt vor Avinius stand, und blickte ihn besonders neugierig an.

»Die Berge«, fuhr Avinius fort, »sind das Höchste, was man sich vorstellen kann. Ihre Gipfel sind die besten Freunde des Himmels.«

In der Gruppe raunte es.

»Wenn ihr um sie herum fliegt, dann seid ihr dem Himmel so nah wie niemals zuvor. Und der Schnee auf den Gipfeln, im frühen Licht der Sonne funkelt und blinkt er wie tausend kleine Sterne. Man kann auf dem Schnee hinunter in Richtung Tal rutschen. Wer es macht, der juchzt vor Freude. Und es gibt Ziegen, die so gut klettern können wie keine anderen Tiere. Wenn man sich mit ihnen anfreundet, rodelt man mit ihnen gemeinsam auf dem Schnee hinunter bis ins Tal.«

»Der Schnee funkelt wie tausend Sterne?«, fragte eine Möwe von weiter hinten aus der Gruppe.

»Wie tausend Sterne«, sagte Avinius. »Vielleicht sogar wie Millionen Sterne. Der Schnee auf den Gipfeln in den Bergen hört nie auf zu funkeln, ganz gleich, wohin ihr auch schaut.«

»Und man kann mit diesen Ziegen wirklich gemeinsam auf dem Schnee den Berg hinunter rutschen? Bis ins Tal?«

Avinius stockte kurz.

Dann sagte er: »Vielleicht.«

»Wo sind denn die Berge?«, fragte nun die große, etwas tollpatschig wirkende Möwe mit dem dunkelgrauen Gefieder.

Avinius überlegte.

Er bemerkte, dass in ihrem Blick etwas glitzerte, das er bei den anderen Möwen so nicht entdecken konnte.

Er fragte sich, wie er der Möwe vor sich den Weg dorthin beschreiben konnte.

Dann sagte er: »Das ist ganz leicht. Zu den Bergen fliegt man der Sonne entgegen – immer der Sonne entgegen.«

Eigene Reisenotizen

Eigene Reisenotizen

Eigene Reisenotizen

DIE GESCHICHTE VOR DER GESCHICHTE

Es ist tatsächlich so, wie es der Ich-Erzähler im Entrée sagt:

»Und dann gibt es diese anderen Geschichten, auf einmal sind sie da. Die Geschichten, die man als Kind nur einmal erzählt bekommt und nie wieder vergisst.«

So war es auch mit »Avinius«.
Das heißt, einen kleinen Unterschied gibt es: Ich habe die Geschichte nicht erzählt bekommen. Ich war es, der sie erzählt hat – bis heute nur ein einziges Mal.
Das war im Frühjahr 2014.

Es war ein Sonntag Nachmittag. »Erzähl mir eine Geschichte, aus deinem Kopf«, hatte man mir gesagt.
Also begann ich – wie es meistens so ist, in solchen Situationen: mit einem ersten Satz. In der Hoffnung, dass dieser einen zweiten Satz nach sich ziehen möge, dieser einen dritten und so weiter.
In diesem Fall hieß der erste Satz schon damals, bei der ersten Erzählung, genau so, wie ich ihn nun niedergeschrieben habe und wie man ihn jetzt lesen kann: *»Oben in den Bergen, wirklich weit oben, lebte einmal ein kleiner Vogel mit Namen Avinius.«*
Meistens verebben die schönen ersten Sätze ja irgendwann. Und dann sind sie eben doch kein Auftakt für eine Geschichte und halten das Versprechen, das sie gegeben haben,

treulos und nonchalant wie sie sein können, eben doch nicht ein.
Bei »Avinius« aber war es anders.
Etwa zehn Minuten erzählte ich damals am Stück von Avinius' Reise. Ohne Zögern, kein Überlegen.
Aus dem Nichts war da auf einmal diese Geschichte.
Natürlich nicht in jedem Detail, in jeder Redewendung, in jedem Charakter, in jeder Szene. Aber der Körper der Geschichte, die Reise des kleinen Vogels war genau so da.
Auch Avinius hieß mit dem ersten gesprochenen Satz so wie heute: Avinius.

Dieser kleine Kerl kam damit so plötzlich in mein Leben, dass ich bis heute keine Idee habe, warum er gerade in jenem Moment aufgetaucht ist – heraus geflogen aus dem Dickicht des Unterbewusstseins.
Wo er sich die Jahre davor herumgetrieben hat?
Er war da, das schon, ganz sicher muss er irgendwo gewesen sein, unter der Oberfläche, unter meiner Oberfläche, in seinem Versteck – von dem ich nicht wusste, dass es dieses in mir gab.
Aber wo er war?
Zum Teufel, ich habe keine Ahnung.
Vielleicht hat er gewartet, bis er sicher war, dass ich bereit für ihn sein und ihn nicht vorbeifliegen lassen würde.
Seitdem, seit mittlerweile vier Jahren, ist er täglich bei mir.
Ohne ihn wäre ich heute weniger der, der ich eigentlich

bin. Insofern war es tatsächlich er, der *er* aus *mir* heraus kommt, der *mich* auf die Reise geschickt hat.

Ich habe mich um ihn gekümmert, ihn umsorgt und vier Jahre lang am Leben erhalten. Bis er zu dem wurde, der er nun ist. Auf eine Art hat er dasselbe für mich getan. Ich war es, der ihn auf die Reise geschickt hat, aus welchen Gründen auch immer. Und er hat mir dafür viel zurück gegeben und noch mehr beigebracht, jeden Tag.

Und auf einmal, jetzt, wo ich diese Zeilen schreibe, ist mir so, als wüsste er, dass er mich nun loslassen und ich ab jetzt ohne ihn zurecht kommen muss.

Ich will das gar nicht. Aber Loslassen muss man können.

Wenn es jemanden gibt, der loslassen kann, dann er.

Max T. Berghen, August 2018
lifes-a-story.de | Instagram: maxtberghen

Danke.
An erster Stelle Dir, Christina, für die Zeit und das Vertrauen.
Meinen Familien, José Lucas, Christoph, Sven, Larissa, Felix, Sascha, Paul.
BK Boys – verdammt gut, dass ihr da seid.
LeZim – ihr genauso, wir sind ein Trio.
Worth flying to too: svenvonderheyde.com

lifes-a-story.de